メディアワークス文庫

暗闇の非行少年たち

JN100163

1章

『仮退院』という文字が目に入った時、自然と「病院」を連想した。胸に渦巻く不安が、風邪の引き始めの気だるさに似ていたからかもしれない。けれど実際に私がいたのは少年院。なんの病気も患っていない。怪我《けが》だって負っていない。死ぬ程ダサい、鼠色《ねずみいろ》の上下ジャージ姿で佇《たたず》んでいる。

仮退院式。

四ヶ月間の少年院生活の終わりを告げる式。

外の世界にいた男友達から『体育館でやらされて晒《さら》し者《もの》みたいだった』と冗談っぽく聞かされていたが、私の場合は院長室だった。出院する私たち以外に他の在院者はいない。普段通りグラウンドでランニングをさせられている。男子少年院と女子少年院では違うのか。いや、単純に場所によるのかもしれない。

院長室に入るのは、入院式以来。高級そうな机とスチール製の事務棚。ここ最近改築されたらしく、壁は真新しく白い光沢を放っている。正面の窓の上に『仮退院式』

と記された紙がラミネート加工され、張り出されていた。話す時は「出院、出院」と語っているが、正式名は「仮退院」らしかった。今日出院するのは私以外にも二人。整列する私たちの前には、初老でがしっとした体格の院長が立ち、それを挟むように法務教官が列を成している。

男性の法務教官が「決意発表！」と声をあげた。

息を吸い、一歩前に出、声を張り上げる。

「私、水井《みずい》ハノは、この日を迎えることができ、感謝の気持ちで満たされています。かつて他人に迷惑ばかりをかけてきた私はここでの生活を通じて、自身がどれだけ多くの人に支えられてきたのかを痛感しました。学んだことを胸に刻み、社会に恩返しできるよう、精進していきたいと思います」

出院が決まった時から事前に何度も練習し、暗記させられた内容だ。文章にして教官に提出した時は、教官から『本当にそう思っているのか？』『具体的には何？』と何度もしつこく詰められて、うまく答えられずに叱られた。

「社会に出た後は、以下の事項を守ります。一般遵守事項『一定の住居に居住し、正業に従事すること』、『善行を保持すること』、『犯罪性のある者又は素行不良の者と交際しないこと』、『住居を転じ、又は長期の旅行をする時はあらかじめ、保護観察を行う者の許可を求めること』、特別遵守事項『早期に就職し、粘り強く働くこと』、『毎月、保護司と面接し、その助言に従うこと』、『家出や無断外泊をしないこと』。もし背いた際は、少年院に戻されても異存はありません。出院後は健全な生活に努め、再非行の道に走ることなく頑張っていきます。今までありがとうございました」

暗記した言葉を間違えずに言い終えると、教官から拍手が送られる。

続いて出院する他の二名も決意表明と遵守事項の再確認を行う。それが終わると、最後には院長から「これから本当の更生が始まっていくんだよ」と言葉をかけられ、握手を交わした。お世話になっていた教官とも握手を交わす。これで仮退院式は終わった。隣の女の子は泣き出していた。

仮退院か、と胸の内で呟《つぶや》いた。

何度呟いても「仮」の一文字が、喉の奥に引っかかる小骨のように痛む。けれど仕方がない。法律で決まっているのだと教わった。少年院から出た後は保護観察の下で生活し、遵守事項を守らなければ少年院に戻される。

これからの生活を考えると、きゅっと心臓が縮こまる心地がした。入院した当初はすぐにでも出て行きたかったのに、今朝は食事が喉を通らなかった。

退室するため踵《きびす》を返《かえ》した。その時、院長室の奥に立っていた伯母さんと伯父さんの姿が目に入った。今まで気が付かなかった。来てくれないものだ、と諦めていた。二人が涙ぐんでいる。それを見て、私の目頭もまた燃えるように熱くなった。泣かないだろうと達観していたのに、あっけなく堤防は崩れた。大粒の涙が頰を伝う。

「ありがとうございましたっ……！」

院長室の扉の前で、私は改めて教官たちに頭を下げた。声がみっともなく震えていることに自分でも驚いた。でも感謝しかないな、と心の底から思った。

入院した際は高圧的に見えた教官たちだったが、その裏にあったのは私たちへの優しさだと気づいた。『反省してます』と口先だけで弁解する私に、しつこく『具体的には何が悪かった？』『他の人はうまく出来ているのに、なぜアナタは間違えたと思う？』と論理だった言葉をぶつけ、己の浅はかさを認識させてくれた。伯父伯母への手紙が書けない私に、何冊も本を貸してくれ、誤字脱字の添削までしてくれたのだ。

クソガキだった私を導いてくれた。

もう戻ってこない、と固く自身に言い聞かせる。また来てしまい、彼らを哀《かな》しませたくない。

呆《あき》れられたくない。自身が変わったのだ、と証明したい。

そして、なによりも私の人生のために。

女子少年院の院長室で、私は本心から変わることを決意した。

その気持ちに嘘《うそ》なんて一欠片《かけら》もなかった。


――それなのに。

――二ヶ月後の七月。私は風邪薬を一気飲みし、オーバードーズをしていた。

――あぁ、全部がなんかどうでもいい。

・・・

「この仕事さ、向いてないいんじゃない？　キミがどんな仕事に向いているのかは知らないけどさぁ。とにかくさぁ、これだけ仕事覚えられない人初めてだから」

どうして須藤《すどう》店長の声は、身体《からだ》に纏《まと》わりつくように聞こえるのだろう。

居酒屋の裏口の前で、私は項垂《うなだ》れながら「はい」「はい」と力ない言葉を繰り返していた。オーダーの伝え間違い、配膳ミス、予約の電話で相手先の電話番号の聞き忘れ――ありがちな失敗を一通りこなした結果、常連客を激怒させ、今に至る。

常連客の溝畑《みぞばた》さんは一杯目のビールだけは、生ビールではなく、わざわざ瓶ビールを頼む。そして女性店員に注《つ》がせようとする。店に勤めてから最初に要求された際はマニュアルになかったので断ったのだが、溝畑さんに『他の店員はしてくれるんだよ』と説明され、つい酌をしてしまった。その現場を見た店長が私に『余計なことするな』と怒ったのが二ヶ月前。しかし調子に乗った溝畑さんは週に一回来るたびに私を呼んだ。店長に言われた通りに断ると『以前はしてくれたじゃん』と舌打ちをするようになった。来る度に呼びつけられ、終《しま》いには腕を摑《つか》まれたので『ざけんなっ！』と振り払った。そして激怒された。『客に向かってなんだその態度は』と。

店長のタバコ臭い溜《た》め息《いき》が、私の顔を生ぬるく撫《な》でた。

「そりゃさぁ、マニュアルにはないよ？　ここはキャバクラじゃねぇんだから。俺だってあんなオヤジ、嫌いだよ。でもさ、お客さんなわけ。あんなんさ、やんわり腕振り払って、謝っときゃいいの。俺、間違ったこと言ってる？」

間違っています、とは言えなかった。

社会人二ヶ月の私には、何が間違いなのか判断なんてつかない。これが社会の常識なんだよ、と言われれば、鵜《う》呑みにするしかない。

事実、私が働いている居酒屋には、この手の客は多い。

名古屋《なごや》の繁華街——栄《さかえ》の中心地に立っている、安さを売りにした居酒屋だ。焼き鳥は一本九十円、生ビール一杯二百五十円、ハイボールは二百三十円。仕事帰りに軽く一杯ひっかけようとするサラリーマンや、大学生が主な客層。

私がオーダーを取りに向かうと、男性客から愉快がる顔を向けられ『なに？　まだ高校生？』と聞かれることは多い。『そんなところです』と答えると、なぜか嬉《うれ》しそうに『マジのＪＫじゃん』と仲間たちと笑う。一層面倒な輩《やから》は連絡先を尋ねてくる。

身体を舐《な》め回すような視線に気づいて、私の思考は一瞬凍り付く。

ハッとした時には、自分の頭にあった事柄を忘れてしまう。

私の就業時間が終わるまで、須藤店長の説教は続いた。

「もう十時か」スマホを見ながら口にする。「帰っていいよ、十八歳だもんね」

その言葉に含まれた嘲りには気づかないフリをした。

十八歳——多くの人が高校三年生として通学している年齢。

「ありがとうございます。明日は頑張ります」

「そのセリフ、何度も聞いたから」

侮蔑するように鼻で笑った店長に頭を下げ、私は裏口から更衣室へ向かった。

毎日積み重なっていく無力感。惨め過ぎて死にたくなった。

・・・

辛《つら》い時に思い出すのは、いつだって太白山《たいはくさん》の記憶だった。

太白山は、私の故郷、仙台《せんだい》にある標高三百二十メートルの山だ。麓から見ると、面白いくらい綺麗《きれい》な三角形になっている。『仙台富士《せんだいふじ》』とも呼ばれているらしいが、私は他の地元の子どもがそう呼ぶように『さんかく山』と呼んでいた。

小学生でも登れる山として観光ガイド等では紹介されているが、道なりは険しい。壁のような道をよじ登ることもある。

思えば、当時小学一年生だった私には、過酷なチャレンジだった。普段働きづめで家に帰れない父が珍しく休みを取れたため、私は学校を休んで父と登山に挑んだのだ。

「大丈夫？　辛くなったら休もうね」

父は私の手を強く握り、何度も声をかけてくれた。

その度に私は「大丈夫」と言い張った。「私、お父さんとお母さんの娘だから」

すると父は嬉しそうに「よぉし、頑張れ」と頭を撫でてくれる。

「ハノは強い子だ。そうだぞ。俺たちの娘だからな」

途中苦しくなっても私は足を動かし続けた。

頂上に辿《たど》り着《つ》いた時、身体の底から沸き起こる衝動のままに声をあげた。麓に向かって大声で叫ぶと、これまでの苦労がすっと霧散していった。

「それじゃあ」ひとしきり叫んだ私を見て父は笑う。「母さんのためにお土産を買って帰ろうか」

私は父の手を握り、大きく頷《うなず》いた。

――思えば、それが人生でもっとも幸福な時間だった。

太白山からの帰り道、地面が割れるような勢いで揺れた。

二〇一一年三月十一日。押し寄せた津波は、瞬く間に私が暮らしている町を飲み込んだ。私たちは仙台駅まで辿り着き、少しずつ事態の深刻さを理解し始めた。心臓が止まっていくような不安に苛《さいな》まれた。家では母が待っているはずだった。父は私をじっと抱き寄せ「大丈夫だから」と言いながらも震えていた。そのまま近くの小学校に避難した私たちは、家にいたはずの母と連絡がつかない事実に打ちのめされた。

母の遺体は見つからなかった。震災以降、父は沿岸の瓦礫の片付けを続ける傍ら、母を探した。三年が経《た》って母が見つからない現実を受け止めると、父は幻想の中に母を探し求めるようになった。毎晩泥酔するほど飲んで、微睡《まどろ》むような目で「こんな風に酔っていた時に出会えたんだ」「ダメになった時現れてくれたんだ」と語り続けた。

最初は私も相手をしていたが、いつの日からか薄ら寒い恐怖を抱き始めた。

中学二年の冬、父は縄を庭の木につるし母の下へ逝った。

私だけが生き残ってしまった。


十四歳、私は名古屋の伯父伯母の下で暮らし始めた。温かく迎えてくれたが、やはり、ほとんど顔を合わせたことがない姪《めい》と同居する戸惑いはあっただろう。毎晩の食卓では、互いに距離感を確かめるような沈黙が幾度となく発生した。私自身、彼らからの気遣いを素直に受け取る余裕もなかった。

高校一年生の夏、勉強で落ちこぼれた私は深夜外出をするようになった。同じような仲間を見つけ、飲酒やオーバードーズを始めた。無断外泊を繰り返し、高校は退学させられた。何度も警察に補導されたが、それでもやめられなかった。一度鑑別所に行き、二度目には少年院行きが決まった。

虞《ぐ》犯《はん》行為——少年院送致が決まった少年審判の場でそう説明を受けた。

犯罪には満たない、非行行為。深夜外出や無断外泊などが該当する。また例えば未成年飲酒や未成年売春は、未成年本人に罰則の規定はないが、虞犯行為に当たる。場合によっては保護対象となり、保護処分を受ける。

幸い少年院は四ヶ月の短期入所だった。出院日が近づいた時に伯父伯母との面会で「これ以上迷惑かけられない。身元引受人は自分で探す」と伝えた。彼らは「気を遣わなくていい」と言ってくれたものの、その疲れ切った表情にさすがに甘えられなかった。

次こそ失敗しない、と胸に刻んで、私は十八歳にして独り立ちすることに決めた。

身元引受人に、飲食店経営の社長が名乗りをあげてくれた。社会福祉の一環として、少年院出院者の身元引受人となってくれる企業は存在する。住居と職を両方用意してくれるのだ。とてもありがたい話だった。

社長は女性だった。初めての面談で「私も若い時はやんちゃしてたから」と快活に笑ってくれたのが印象的だったので、私は「よろしくお願いします」と即答した。いくつもの飲食チェーンを手掛ける大手グループだった。最初は星《ほし》が丘《おか》にある小綺麗《こぎれい》なカフェを希望したが、人員調整の結果、居酒屋に配属が決まった。

それが失敗だった。

勤務初日に気が付いた――父の姿がフラッシュバックする。仕事中に泥酔客を見るたびに、脳裏に過《よぎ》る。性的な話題を振られた時は、一層激しく。アルコールの酩酊《めいてい》の中で、先立った母の名を呼び続けた父の姿。

思い出すと思考が固まり、自分が今していることを忘れてしまう。接客中にミスを繰り返し、店長や周囲の社員から侮蔑の視線を送られる。

――一体、私はどこで間違えたんだろう。

泣きたくなるような、心が潰れていく日々を送っていた。

・・・

栄で金のない若者がたむろしている場所――そんな言葉を投げかけられた時、名古屋市民ならば大抵すぐに数ヶ所が思い浮かぶはずだ。池田《いけだ》公園、オアシス21、矢場《やば》公園、名古屋高速の高架下。かつては錦《にしき》の商業施設横が一番有名だったが、今は閉鎖されてしまった。

居酒屋での労働を終えた私が向かうのは、そんな類の場所。栄駅からそう離れていない、花壇が並んでいるだけの小さな公園だ。

七月の夜はどろりとした夏の暑さで満たされている。花壇の縁にしゃがみ込み、ムシャクシャして市販の風邪薬を十錠ほど口に含み、ミネラルウォーターで流し込んだ。次第に頭がぼーっとしてくる。眠気と酩酊の合間にまどろみ、なんだか気持ちが良《い》い。オーバードーズ。酒で酔っぱらうより、私はこっちの方が好きだった。酒を手にしていると、警察に見つかった時にしつこく、身分証を見せろ、と言われてしまう。

夜十一時、思考の回らない頭で、近くのラブホから出てくるカップルを眺めていると「もうやってんの？」と半笑いの声がかけられた。「女一人でＯＤ《オーバードーズ》決めてんの危険すぎだから」ミッキーとアリサ。私の友人。

ミッキーは私の三個上の女子大生。大きな黒リボンが付いた桃色のブラウスに、チェック柄のフリルスカート、黒光りする厚底パンプス、小さなカバンを両手で抱えている。新宿《しんじゅく》の自撮り女子を完コピしたという。推しのコンカフェ店員に褒められて以来、ずっと『ぴえん系』だの『地雷系』だの、幼さを全面的に押し出したようなファッションを続けている。中身は、一昔前の強気なギャルに近いのだが。

アリサは私より二個年下の子。高校に籍はあるらしいが、通っていないので高校生とも言い難《がた》い。ワンサイズ大きな黒Ｔシャツをだぼっと着て、下にはショートパンツを穿《は》いている。小柄でボーイッシュな短髪のせいで、パッと見、小学生にも見える。家出中。今はＳＮＳで知り合った男の部屋に泊まっているらしい。

この公園には、私たちみたいな若者がよくたむろしている。男も女も、コンビニで買った安酒やお菓子を囲んで、だらだら会話を繰り広げる。周囲の大人たちも理解しており、よく女だけで集まっていると「キミ、いくら？」とパパ活の誘いが来る。

——ブル前。

それが私の逃避場所。

誰かが勝手に名前をつけた。公園の隣にある真っ青なラブホテル『ブルー・ガーデン』が由来。新宿の「トー横」、大阪《おおさか》の「グリ下」みたいに名前がないと、TikTokに上げる動画のハッシュタグに困る。「#ブル前界隈《かいわい》」って書くと、同じ場所に通う人たちからコメントが届いて、なんだか嬉しくなる。

ここ最近、私たちは毎晩のように集まっていた。花壇に腰をかける私の前に、ミッキーとアリサがしゃがみこむ。各々の手にはストゼロとモンスター。既にストローが突き刺さっている。道中もう飲んできたらしい。

「また店長に怒られたん？」

ミッキーが私の頭を撫でてくれた。

「もうやめちゃえば？　ハノが可哀想《かわいそう》だよ」

「正直、今すぐやめたい。でもさぁ、社長には身元引受人にもなってもらっているし、会社の寮に暮らしているから、バックレる訳にもいかないんだよね」

ミッキーが「だるっ」と頷き、アリサが「つんでんねー」とけらけら笑った。

退職すれば、きっと社員寮にはいられなくなる。独り立ちすると宣言した手前、結局伯父伯母に頼ることにも躊躇《ちゅうちょ》があった。もう迷惑をかけたくない。

それに社員寮の立地は気に入っている。新栄《しんさかえ》の方にあり、栄から徒歩で行けて、誰にも私生活に干渉もされなかった。だから私が夜な夜な朝方近くまで、この『ブル前』にいることは知られていない。

「案外なんとかなるんじゃない？」

アリサがとろけるような甘い声を出す。

「ハノ、可愛《かわい》いからさ、どうとでもなるよ。アリサも今けっこう幸せなんだよ？」

「彼に捨てられるとかないの？」

「たまにケンカはするけど、なんとかかって感じ。あ、今度連れてきてもいい？　けっこう束縛がキツくってさぁ。男と会ってないか、不安なんだって」

彼女は続けて、二十八歳の独身男との生活を赤裸々に語ってくれた。スマホの履歴は全部見られて、男の連絡先は全て削除させられたこと。性行為は週三で行い、男は唾をかけられるのが好きなマゾであること。料理を作ってあげると喜んでくれるが、いつも焼き肉のタレ炒《いた》めになってしまうこと。「元カレにそれしか教わってない」と言い訳したら、強く怒鳴られ、今は家に帰るのが気まずいこと。

愚痴のような自慢のような、オチのない話を適当に「ひどいね」とか「分かる」とか相槌《あいづち》を打っていると、性格の悪い私の心が毒を吐いた。

——どうとでもなる？　ってなに？

——なってねぇだろ。

声には出さない。

ミッキーも同じ考えのようで、醒《さ》めた視線を送っている。多分気づいている。アリサの生活は長く続かない。まともな男は十六歳の女の子を家に泊めない。

しかし、私たちは何も言わなかった。いちいち他人の事情に踏み込まない。だらだらとしたアリサの話を聞いて時間を潰していると、やがて彼女は「まぁ頑張ってみる」と声をあげ、男の家に帰っていった。

「ミッキーは飲み干したストゼロの缶を潰しながら「アリサも大変だね」と呟いた。

「そうだね」

男の家を泊まり歩くなんて真似《まね》はできない。アリサには申し訳ないが、明るい未来が見えなかった。

「実際、ハノはどうすんの？　職場、合わないんでしょ？」

「……うん、大分辛いかも」

「一緒に来る？　ハノも今から」

誘われているのはパパ活——というより売春だ。

ミッキーは日常的に会っている男が四、五人いて、ホテルで一回五万円以上もらっているらしい。その金をミッキーはほぼ全額、推しのコンカフェ店員に貢ぐ。

月給十七万の私からすれば、夢のような高給取りだった。

「ごめん、パス。ふんぎりつかない」

「うん、そう」

ミッキーも無理には誘ってこなかった。しかし愛想を尽かしたような言い方はされる。断られたことで、まるで自身の行為を侮辱されたように感じ取ったらしい。

私はミッキーから目を逸《そ》らして、カバンから風邪薬の錠剤を摑んだ。

「やめなよ。それ、本気で死ぬよ？」

ミッキーに厳しい声音で告げられる。

「ウチの知り合いにさ、目が真っ黄色になった奴もいる。黄疸《おうだん》っつって、肝臓ぶっ壊すとそうなんの。死ぬ寸前で即入院」

風邪薬の過剰摂取が健康にいいはずもない。頭では分かっている。

「いいよ、ちょっとだけ」私は首を横に振った。「現実厳しい、無理」

「あのさぁ、リンクさんって分かるよね？」

もちろん、と頷いた。

リンクさんの名前は界隈で知れ渡っている。ブル前には、治安部隊を自称する『蒼《あお》船《ふね》会《かい》』というチームが存在する。リンクさんはそのリーダーだ。公園に来る人には優しく、今も公園の端で新参者の悩みを聞いている。かくいう私も『蒼船会』の人たちに愚痴を聞いてもらったことがある。

ミッキーは「リンクさんからもらったんだけど」とあるものを差し出してきた。

中身が透けて見えないようになっている、真っ黒な封筒。

「こっちにしたら？　安全で中毒性も少ないハーブだってさ。でもけっこー効く人もいるらしいから、最初は部屋でやりなよ？」

身体の陰で隠すように差し出され、これ以上ミッキーの好意を無下にもできず「ありがと、ホント感謝」と答えて受け取った。

黒い封筒を静かに振ってみる。乾いた音がした。

違法か、合法か。気になったが、それ以上は何も考えられなかった。

「お仕事の方は大丈夫そうなの？」と語る瀬戸口《せとぐち》さんの前で、私は「はい、慣れてきましたから」と微笑《ほほえ》み返す。他に何を答えていいのか分からなかった。

「ならいいけどね、安心した」

瀬戸口さんは丸っこい頬に手を当てて、首を曲げる。癖なのだろう。肉付きのいい頬がひしゃげて、ひらべったく伸びている。

「ほら、ハノちゃんはまだ十八歳でしょう？　正直、居酒屋なんて勝手も分からないだろうし、どうか、と思ったんだけどねぇ」

瀬戸口さんは保護司だ。五十代半ばの、ふくよかな身体つきと優し気な瞳の女性だ。かつては高校教師を務めていたという。結婚を機に退職し、子育てが一段落ついた頃、保護司のボランティア活動を始めたらしい。

「最初は大変でしたね。突然、焼酎の名前を言われても全然ピンとこなかったですもん。『鍛高譚《たんたかたん》』とか知らないと、もうハテナって感じで」

「あぁ、確かにそうかもねぇ」

「カクテルとか意味わかんないですよ。『キティ』とか『ブラッディアイ』とかメニユーにないのに、当然みたいに頼んでくる人が結構多くて。で、困って店長に相談しても『出せるよー』って言われて。はぁ？　って感じじゃないですか」

大げさに話を盛り上げると、瀬戸口さんがアハハと声をあげて笑ってくれた。実際に店長から言われたのは、溜め息交じりの『それくらい覚えてよ』だったけれど。

適当に話を合わせれば、大人はホッとしたようにそれ以上追及してこない。

無為な時間を潰すためだけのトークは、いつから得意になったのだろう。

保護期間中は、二週間に一度のペースで彼女と面会することが義務付けられていた。私が瀬戸口さんの家に行くか、瀬戸口さんが私の家に来るか。好きな方を選んで良いと言われ、前者を選択した。時間帯は、居酒屋労働の前の昼二時。彼女の自宅を毎度訪れて、整理整頓の行き届いたリビングで、わざわざ出してくれたミルフィーユを突つきながら語り合う。

「良かった、ハノちゃんが無事にやっていけているみたいで」

ひとしきり私の近況を聞き終えると、瀬戸口さんは安らいだ表情でコーヒーカップに口をつけた。

私の気持ちも温かくなると同時に、後ろめたさが生まれた。

「実際のところねー、やっぱり、ほら」瀬戸口さんが声のボリュームを落とした。寂し気に目を伏せる。「結局、院に戻っちゃう子も多いから」

「そうでしょうね」

「統計で出てるのよ、退院した子がまた検挙されちゃう割合。ずっと増加傾向だったの。ここ数年はほんの少し、減少に転じたとはいえね」

法務教官からも教わった内容だった。少年院から出たとしても、五年以内に、五人に一人は少年院や刑務所に入ってしまう。

ちなみに刑務所の五年以内の再入所率は、三人に一人を超える。

やり直しが大変な社会――そう脅されていた。

瀬戸口さんは小さく頷いた。

「ハノちゃんは頑張ってね」

「はい」

「でも頑張りすぎてもダメだからね。なにかあったら相談してね」

もし――脳裏を過った。

――相談すれば、どうなるんだろう？

――せっかく見つけられた仕事さえ『もう辞めたい』って言ったら？

結論は決まっているような気がした。呆れられる。見放される。だって私が瀬戸口さんならそうする。目の前のガキが『嘘をついて、昔の仲間と会って夜遊び朝帰り繰り返していまーす』なんて告白してきたら、絶対に蔑む。ふざけんな、と叱責する。

一般遵守事項は今でも読み上げられる。

――『犯罪性のある者又は素行不良の者と交際しないこと』

ブル前の友人二人には悪いが、彼女たちが『素行不良の者』に該当するのは疑いようもない。仮退院二ヶ月で思いっきり破っている。

「…………打ち明けたら、少年院に連れ戻されちゃうよね」

「なにか言った？」

小声で呟いた私を、瀬戸口さんが訝《いぶか》しむ。

「なんでもないです」と首を横に振って「何かあれば相談しますね」と愛想笑いを浮かべる。瀬戸口さんは「うん、こうやってケーキでも食べながらね」と頷いた。

私はすぐにケーキの美味《おい》しさに話題を変えた。どこの店で購入したのかを尋ねて、再び会話を盛り上げる。瀬戸口さんが見せてくれた写真に大きく驚いてみせる。

そうやって私は良い子を演じ続ける。

表向きは良い子でいられている。

・・・

少年院から出た私はすぐに「死ぬ」と思った。

居酒屋勤務が致命的に向いてなかった。店長から蔑むような目を向けられると、消えてしまいたくなる。一度『仕事ができない奴』と烙印《らくいん》を押されると、何をやってもダメに見えるようだ。ミスをするたびに「使えない奴」と溜め息を吐かれる。

仕事で使えないくせに社員寮にいるのが恥ずかしくて、他の住人とはロクに話せなかった。部屋に引き籠り、ゲームで時間を潰し続けた。

働き始めて一週間で肌が荒れ始め、額に特大のニキビができた。二週間で休日にもゲームで遊ぶ気力さえなくなって、四週間で不眠症になった。薬局で買った市販の睡眠薬は効き目がよくて、つい飲み過ぎる。規定の三倍も飲んで朝まで気絶する。オーバードーズという言葉はSNSのタイムラインで知った。メチルエフェドリンやジヒドロコデインを含んでいる風邪薬が良いらしい。店頭で大量に買うと、店員にマークされるからネット注文で購入する。十錠ほど一気に飲み込んで脳みそをぶっ壊す。いずれ肝臓に異変をきたす。最悪死ぬ。そのリスクも理解していたが、やめられない。

気づけば、かつて通っていた公園に自然と足を運んでいた。

ミッキーは私が少年院に入る前からの友人で、いつものブル前の花壇にいた。私を見つけると「久しぶりじゃん。お勤めあけ？」と笑いかけてくれた。隣には新参のアリサもいて「えー、少年院の人？　すごっ」と迎え入れてくれた。

ミッキーに飛びつくように抱き着くと、自然と涙が溢《あふ》れ出《で》ていた。

「辛かったね」と頭を撫でてくれる彼女の指先にはっきりとした輪郭を感じ取る。

結局のところ、ブル前が自分にとって一番の居場所なのかもしれなかった。

・・・

ミッキーからもらった黒い封筒は、本当にどうしようもなくなった時に開けようと決意して、三日後には、毎日がどうしようもないと気が付いた。そりゃそうだ。店長には毎日説教されるし、仕事のミスなんてゼロにはならない。瀬戸口さんから「ジャガイモもらったけど要る？」という平和なメッセージが届く。『風邪薬を規定の五倍飲んだせいで食欲ないです』と返したら、どんな顔をするのだろう。

カロリーメイトとクリーム玄米ブランの空ゴミが埋め尽くしている汚部屋で、ミッキーからもらった黒い封筒を取り出した。

ハーブを吸うのは初めてじゃなかった。少年院に入る前、ブル前で他の子に勧められて経験済み。最初は専用の紙をくるくると巻いて吸っていたのだが、タバコの先端を入れ替えるだけでいいと教わってから大分手間が省けた。

夜二十三時のバイト終わり、私は鼻歌を歌いながら封筒を開封した。

中に入っていたのは、紙切れ一枚。

んあ、と間抜けな声を漏らし、封筒を逆さに振る。しかし、ハーブらしきものは落ちてこない。とりあえず入っていた紙を開いてみる。

――【ネバーランドへの招待状】

そんなタイトルの後にSNSの名前とアカウント名が記されていた。使ったことがないSNSだ。検索してみると、匿名性の高いメッセージのやり取りができるものらしい。個人情報の登録も要らないみたいだ。

「……受け渡しの場所を教えてくれるってことかな？」

以前、名古屋で違法ドラッグの売人が、住宅地で受け渡しをして逮捕された。いまや普通のマンションだろうと監視カメラはある時代。受け渡しの現場をバッチリ録画されたマヌケな売人は、夕方のニュースにも流れた。

かなり用心して、こんな手法を取っているのかもしれない。私は指定されたSNSをインストールし、記された相手のアカウントを検索した。

アカウント名は――『ティンカーベル』。

《アナタに連絡すればいいんですか？》

必要以上の情報は残さず、短くメッセージを送った。

返信まで時間がかかることを想定したが、案外すぐに戻ってきた。

《初めまして。何が目的で繋《つな》いできた人ですか？》

随分と丁寧な文面だった。

《ミッキーっていう人から聞きました。「素敵な葉っぱ」が手に入るとか？》

まさかあからさまに、脱法だか違法だか知らないハーブを寄越せ、とは言えない。

ミッキーの名前を出してしまったが、多分本名ではないので構わないだろう。

返答まで微妙な間があった。

緊張して画面を見つめていると、そのメッセージが表示される。

《「素敵な葉っぱ」はありません》

どういうことか、さっぱり理解できなかった。私には売れないという意味なのだろうか。ミスらしいミスは犯していないのに。

首を傾《かし》げていると、ティンカーベルから更なるメッセージが届いた。

《ただ――それよりも素敵なものを提供できるかも》

やけに自信があるようなメッセージだ。

それは一体なんなのか、期待しながら待っていると、長文が届いた。スマホいっぱいに文章が広がって呆気《あっけ》に取《と》られる。なにやら細かい指示が書かれている。

最初の数行だけ読んで、何に誘われているのかを察した。


――仮想共有空間。


存在自体は知っている。VRゴーグルを嵌《は》めて、電脳世界でプレイヤー同士で対話ができるゲームだった。仮想現実内で人と交流するもの。同じ仮想空間で他人と過ごすので、仮想共有空間《メタバース》と呼ばれている。

まるで意味が分からなかった。

なんだか恐《こわ》くなり、メッセージを返さずスマホの電源を落とした。

・・・

翌日のバイト終わり、私はブル前に行ってすぐにミッキーに詰め寄った。一人でスマホを見つめてパパ漁《あさ》りをしていた彼女に「あの黒い封筒どういうこと?」と疑問をぶつけた。

ミッキーの口元が得意げに緩んだ。

「だいぶ効くっしょ? あれ、リンクさんのお墨付きだから」

「空っぽだったよ。しかも変な紙が入ってた」

「は? そんな訳ないじゃん。しっかりお金払って、買ったやつなんだから」

不愉快そうにミッキーが眉間に皺《しわ》を寄せた。

話を聞けば、黒い封筒は直接リンクさんから買った訳ではないらしい。彼の取り巻きである『お薬係』の人に欲しい個数を口頭で伝え、現金を渡す。すると二時間後、取引場所と日時を教えてくれ、そこで『運び係』の人からブツを受け取るというシステムのようだ。受け渡しにはリンクさんも『お薬係』の人も関与しない。

だとしたら、あの紙は途中で誰かが仕込んだのかもしれない。態度からしてみて、ミッキーではないようだが。

「それより、お金」

ミッキーが手を差し出してきた。

「使ったんなら払ってよ。三万。結構したんだから」

「え、だから――」

「適当なことふかしてんじゃねぇよ」

ミッキーは本気でハーブだと思い込んでいるようだ。

支払う約束なんてなかったはずだが、揉《も》めるのは避けたくて、私は「変なこと言ってごめん」と謝った。「今手持ちこんだけ。後日払うから」と言い訳して二万円を渡した。ミッキーはフリルのついたお人形みたいな服装をしているが、中身は凶暴。

「欲しくなったら言ってね。友達だし、また安く譲ってあげる」

「え？　もしかして仲介料とってる？」

「そりゃそうでしょ。ウチだってリスクあるもん」

ミッキー自身がハーブをいくらで買ったのかは教えてくれなかった。が、かなり盛っているのだろう。その歪《ゆが》んだ口元で察せられた。多分一万近く。

「今度は一緒にやろうね」と手を差し出される。

喉元には山ほどの言葉が引っかかっていたが、ようやく「うん」と曖昧な返事だけを絞り出す。その手を握り返し、やってきたアリサと仲良く合流する。

——定期的に搾り取る気だ。

察しは付いていた。

この先ミッキーが何度も私をハーブに誘うとして、私は断り続けられるか？　無理だ。もはや自分でも吸いたいのか分からなくなったハーブのために、三万。でも私にはミッキーを無視して直接売人と受け渡しする度胸なんてないし、第一ミッキーが嫌がるはずだ。ミッキーが命令すれば、アリサも彼女に従う。他の人も。私はブル前で孤立する。その光景を想像した時、足元が崩れるような寂しさに駆られた。

もう死んじゃえばいいか、なんて冗談交じりに呟いて、その声の冷たさに自分で恐くなる。けれどブル前以外に私の居場所はない。

・・・

家に帰ると、私はＶＲゴーグルを手に取った。

——《それよりも素敵なものを提供できるかも》

そんな胡散臭《うさんくさ》い言葉を鵜呑みにした訳じゃない。

『ティンカーベル』とやらにいくつもメッセージを送ったが、返信は戻ってこなかった。直接問い詰めるには彼の世界に行くしかないようだ。まずは文句をぶつけてやりたい。三万も支払う羽目になったのに、あんな紙切れ一枚なんて割に合わなすぎる。

VRゴーグルを押し入れから引っ張り出して、起動させる。かつて伯父が買ってくれたものだ。いわゆるゴーグル内蔵型。ゲーム機とVRゴーグルが一緒になっている。家に来たばかりの私が退屈しないよう気を遣ってくれたらしいが、周囲はスマホゲーム一色だったのでロクに触りもしなかった。

目をすっぽり覆う巨大なゴーグルを頭に嵌めた。幸い細かい手順などは『ティンカーベル』が親切に記してくれている。コントローラーを振って、指定されたVRゲームをダウンロードし、始めた。

アバターは少し悩んで、シイタケみたいな生き物を選んだ。シイタケの傘が帽子みたいで可愛い。石突のあたりに足が生えている。名前は本名の『水井ハノ』から一部とって『ミズーレ』とした。ゲーム内の説明は全文英語で挫けそうになった。『ティンカーベル』の解説がなければまともに操作もできなかっただろう。

チュートリアルが終わると、仮想世界に飛んだ。

——私のメタバース、デビュー。

身体がふわりと浮き上がったと思った瞬間、どこかの洋館の広間に到着した。

まるでそこにいるかのような臨場感だった。

目の前には、パチパチと音を立てて薪が爆《は》ぜる暖炉があって、天井にはシャンデリアが煌《きら》めいている。映画の世界でしか見たことがない、豪華な洋館だった。暖炉の前には長方形のガラステーブルが鎮座し、それをコの字で囲むように臙脂色のソファが置かれていた。革張りっぽい光沢。壁には大量の間接照明が空間を光で満たしている。

これはすごいな、と大きく息を吐いていた。

現実世界の私が右を向けば、画面も右を向いてくれる。左を向けば、左の景色が目に入る。コントローラーを用いて前に進めば、見える景色も移り変わる。ジャンプをすれば、視界もしっかり高くなる。

本当に別の世界にいるようだった。

私が初めてのVR世界に困惑していると、この広間に別のアバターがいることに気が付いた。

ソファの上に一人、腰を下ろしている。

灰色の布団をすっぽり被《かぶ》っていて、ちょっと不気味な見た目だ。顔の部分だけは丸く切り取られ、縦棒二本で作られた可愛げのある目を覗《のぞ》かせている。布団の妖怪。

「ようこそ、ミズーレさん」

男性の声だ。低くて優し気。無意識にこちらが警戒を解いてしまうような声質をしている。

「ボクはティンカーベル。ここ『ネバーランド』という空間の管理人をしています。ゆっくりしていってください」

物腰柔らかな対応に気が抜けて、はぁ、と返すしかなかった。

目の前にいるアバターが私を誘ってきた存在らしい。

とりあえず彼の正面に移動した。聞きたいことは山ほどあったが、真っ先に出てきた質問は「どうしてティンカーベルなんですか？」だった。

「ん？」

「『ネバーランド』なんでしょう？　男だったらピーターパンを名乗ればいいのに」

「皆、そう言います。でもＶＲ内で男だの女だの気にする方が変でしょう」

「そんなもんですかね」

「それに、大人になりたくて仕方がないんですよ、ボクは」

どう答えていいのか分からず、適当に相槌を打っていると、入り口の方からピコッと音が聞こえた。誰かがこの洋館を訪れると、そんな音が鳴るらしい。

「あぁ、来たんだ。新入りが」

ソファに近づいてきたのは、二足歩行のネコだった。真っ白なスーツ姿の、ダンディなネコ。二頭身だけど、ピンと伸びる髭《ひげ》がカッコいい。声からして男のようだ。

ティンカーベルが「彼は鐘倉《かねくら》くん」と紹介する。

鐘倉さんはずいずいと私のほうに近づいてきた。

「アンタ、好きな景色とかある？」ネコの割には、威圧的な声だった。「観光名所とか、良い具合な場所」

「え？」

「どこでもいいよ、決めてくれ」

妙に気になる声だ。早く答えろ、と言わんばかりに顔を近づけ、圧をかけてくる。

焦って、最初に思いついた言葉を述べる。

「太白山……の山頂……」

「なにそれ？　まぁいいけど」

鐘倉さんは私から離れ、ティンカーベルのそばに寄っていった。VR空間でも距離が離れると、届く声が小さくなる。「やっぱ狭くて息苦しいよな、ここ」「そうですかね」と何か相談をしている。

すっかり放置されていることに気が付くと、次第に腹が立ってくる。一体なんなんだ、こいつら。

「あのっ」

二人の方を向いて、声を張り上げた。

「一体なんなんですか。ここはどういう場所で、アナタたちは何者なんですか？」

「どういう場所って言われても」

ティンカーベルが首を傾げる。

「寛《くつろ》いでいるだけですよ。ほら、VR内で文章とか絵も描けるんですよ？　どうです、ご一緒しませんか？」

彼の前には白いウィンドウが浮いていて、日本語の文字列が並んでいた。そんなこともできるのか。

けれど、それで誤魔化される程、間抜けではない。

「意味が分かりません」

強く言い切った。

「何が楽しいんですか？　素敵なものがあるっていうから来たのに」

初めてのVR空間に浮き立つ心地こそしたが、それだけだった。確かに面白い体験ではある。けれど私を幸福にするクスリやハーブをくれる訳でもなければ、抱えている問題を解決してくれる訳でもない。三万円の価値はない。

ティンカーベルは呆気に取られるように、鐘倉さんを見た。鐘倉さんはネコの大きな頭を振りながら、ティンカーベルを一瞥《いちべつ》し、私に一歩近づいて来る。

「威勢はいいけど——」

鼻で笑うような声が流れてきた。

「——お前は他人の行動を否定できる程、充実した日々を送れているのか？」

何も答えられなかった。

まるで私を知っているような物言い。ブル前で長い夜を消費するだけの日々。それが楽しいと胸を張ることはできない。

「図星か？　だろうな。どうせ自己嫌悪の毎日を送っているんだろ」

黙る私に鐘倉さんが言葉をぶつけてくる。

「アンタはどうして間違えたんだよ。水井ハノ」

本名を呼ばれ、思わず立ち上がってしまった。呼吸が止まる。身体からどっと汗が噴き出した。現実世界の方で物が倒れていく音。視界が揺れる。そういえば、さっきから酩酊感を抱いていた。口を押さえ、吐きそうになるのをぐっと堪える。

──私はどうして間違えた？

心臓がバクバク音を立てていた。口から声にならない呻《うめ》き声が漏れ、全身が震えた。何か言ってやりたいのに喉が渇き、何も言葉に出せない。

「ミズーレさん!?」

ティンカーベルの悲鳴のような声を聴きながら、私はＶＲゴーグルを外して、そのまま逃げるように電源を落とした。

ＶＲ酔いらしかった。

慣れない間は、視界全体が揺れるせいで気分が悪くなる人も多いという。しっかりゲーム内で設定を弄《いじ》れば軽減できるらしいが、細かいことをティンカーベルに教わる前に離脱してしまった。

乗り物酔いしたような吐き気に苛まれながら、ベッドで仰向けに倒れる。急に現実に帰ってきた心地だ。

現実の私の世界は、ゴミで塗《まみ》れている。椅子には脱ぎ捨てた服が重なり、瀬戸口さんの家で食べたミルフィーユケーキみたいに層を成している。床に散らばる化粧品は、同じ種類のボトルなのに、どっちも使いかけ。ネットで自己診断した鬱を言い訳に、掃除も洗濯もサボっている。

目を閉じる。そのまま動きたくなかった。すぐに朝が訪れてほしかったし、同時に一生朝なんてきてほしくもなかった。

・・・

思い出したのは、面談室と記された六畳ほどの狭い空間。少年院での生活は、十日前後の考査期間から始まる。自身が入院するに至った原因を整理する時間。少年院初日は「初回面談」と告げられ、面談室に連れて行かれた。目に焼き付くような壁紙の白さが印象的だった。目の前に座る女性の法務教官の静かな眼差《まなざ》しに、心臓がきゅっと縮こまる。私は鼠色のジャージのズボンをぐっと握りしめ、彼女の前で椅子に座っている。

「水井ハノ」

　彼女は諭すように口にした。

「アナタは虞犯行為でここに来ましたね。自分が何をしたのか、教えてください」

「……十五歳の頃から週三くらいの頻度で深夜に家を出て、飲酒や喫煙を行っていました。脱法ハーブを吸ったこともあります。無断外泊もしました」

「いわゆる素行不良の人たちと繫がっていましたね？」

「…………」

「アナタが会っていた人の中には、売春斡旋《あっせん》や違法薬物所持などに関わっている者もいました。知らないはずがないでしょう？」

　唇を嚙《か》み、返事が遅れた。「……はい、悪い人たちとも仲良くしていました」

　これまでに五回補導されていた。二回鑑別所に連れて行かれ、二回目の鑑別所でとうとう少年院行きが確定した。

「なぜ深夜外出を始めたんですか？」

「別に。ただ外の空気が吸いたくて。それだけ」

　法務教官が突如「敬語！」と声を荒らげたので、私は咄嗟《とっさ》に「はい、すみません」と頭を下げた。悔しくなって再び唇を嚙み締める。

「誤魔化しはいいです。しっかり自分の人生と向き合いなさい。でないと、アナタは何度も繰り返すだけですよ？」

法務教官の声が次第に大きくなる。

私は必死になって頭を回し「高校をやめたから」と理由らしい理由を口にした。

「高校はなぜ退学したんですか？」

「……勉強についていけなかったからです。中学校の頃はしっかり勉強していたので、結構偏差値の高い学校に進学できたんです。でも実際通ってみたら、周りについていけなくて……追いつかなきゃって。パニックになっていました」

「どうして『周りに追いつかなきゃ』って思ったんですか？」

「いや、それは当たり前じゃないですか？」

「アナタと同じように成績が悪かった人も、パニックになっていましたか？」

「え……」

答えに窮した。

指摘されるまで考えもしなかった。当然あの学校には私より成績が悪い人もいたはずで、多くは三学年まで上がっているだろう。私だけがズレていた。

黙り続けていると、法務教官が質問を続けた。

「伯父さんや伯母さんがそう言ったんですか？」

勢いよく首を横に振る。彼らを元凶のように扱うのは、とんでもないことだった。

補導されるバカな私を迎えにいつも警察署まで駆け付けてくれた。

「伯父さんも伯母さんも、ずっと優しくしてくれました。突然の同居にも嫌がらず、私が困っていると『大変なら転校してもいいんだよ』って勧めてくれて」

「そこで、どうして転校しなかったんですか？」

「どうしてって……」

「答えてください。ゆっくりでいいから」

私は視線を逸らした。「アナタに何が分かるんですか？」

「分からないから尋ねているんです」

逃げられないのだ、と悟る。目の前にいる教官は、これまで自分が相手をしてきた大人とはまるで違う。適当な弁解では許してもらえない。

けれど何を語ればよいのだろう。私が高校を転校しなかった理由。結果、退学まで追い詰められた理由。深夜外泊を始めた理由。――はぁ？　そんなの分かるなら苦労はしない。こっちが教えてほしい。私はどうしてダメなんですか？　世の中には、もっと普通に過ごしているJKが山ほどいるんじゃないですか？　放課後は部活だってやりたかった。クラスの良い感じの男子と恋愛だってしたかった。なんで、その日行き会った男に処女を捧《ささ》げなきゃいけなかったんですか？

——なんで私は間違えた？

——なんで私は間違えた？

——なんで私は間違えた？

「もう、やめてください」

耐え切れずに早口で言った。

「あの、これからしっかり更生します。ごめんなさい。反省してます。真面目にやります。心を入れ替えて、真っ当な人間になるんで。もう間違えないんで」

「水井ハノ、落ち着きなさい。そんな風に言葉だけ取り繕っていてもダメですよ」

教官は立ち上がり、私の肩に触れた。

「今日の面談は、もう終わりにしましょう。また明日、同じ質問をするので、一晩考えておくように」

こうして初日面談は終わったが、結局答えらしい答えを見つけることはできなかった。私が間違えた理由。考査期間が終わった後も場所や時間を変え、法務教官は何度も尋ねた。参考になりそうな本を渡してくれた。心理カウンセラーの人との時間も設けてくれた。思考を書き出しなさい、とノートを渡してくれた。自由学習時間、資格試験や中学の勉強に励む周囲の中で、私はその白紙のノートを見つめ続けた。

思えば、本当は私が間違えた理由なんて分かり切っていたのかもしれない。しかし、それを言葉として表現したくなかったのだ。認めたくなかったのだ。

結局、私は取り繕うことを覚えた。心の声を隠す演技だけが上達して、それで自分が変わったんだと思い上がり、法務教官に励まされ、絆《ほだ》され、仮退院を迎えた。

少年院の生活が無駄だったとは思わないが、四ヶ月という短い期間は歪んでしまった私を直すには不十分だった。

・・・

目を覚ますと、枕元に置かれたスマホが点滅していた。

大量のメッセージが溜《た》まっていた。

店長からは仕事の件だ。「明日は昼から来られない？　バイトがバックレやがって」「おーい、返事ー？」「社会人なら連絡付くようにしといて」ミッキーからもある。「残りの代金、明日の晩にはもってきて」アリサからもあった。「今晩来ないの？　暇なんだけど」瀬戸口さんからもある。「ハノちゃん大丈夫そうだから、会うペース月一に減らしていく？」伯母さんからの連絡もあった。「確認。お父さんの命日には戻ってきますか？」あぁ、もうそんな季節なのか。

全てが私を責め立てているみたいで、スマホを壁に向かって放り投げた。

・・・

万事が万事ぐっちゃぐちゃの生活の中では、一日を終えた感想が「今日も一日生き延びた」以上のそれはない。何も考えないことが自身を守るための手段なのだ、と自分に言い聞かせ、心を鈍化させる。店長に怒鳴られても、ミッキーに一万円札を奪われても、機械のように頭を下げ、淡々と受け入れる。きっと全てを敏感に受け止めていたら、私は致死量の風邪薬と睡眠薬を躊躇なく飲んでいる。

それでも夜には、VRゴーグルを付けていた。今度はネットで調べ、酔わないよう設定をしてから『ネバーランド』にアクセスする。

場所は変わらない。豪華な洋館の大広間。この空間は、ほとんどソファを中心として成りたっているようだ。玄関やキッチンもない。ソファと暖炉だけで完結している。

豪華さに気を取られたが、思ったより狭そうだ。

ティンカーベルは先日と変わらない位置にいた。ソファに腰を下ろしている。アバターなので外見上の変化はまるでない。

布団妖怪のアバター、ティンカーベルは、私の存在に気が付くと「良かった、今日も来てくれたんですね」と笑いかけてきた。

「昨日はすみません。鐘倉くんはボクがしっかり叱っておきました。あまりに失礼な言動でしたね」

鐘倉さんの姿はなかった。今日はティンカーベル一人らしい。

彼の発言も微妙にズレているが、いちいち反応していられなかった。

「私のことをどこまで知っているんですか？」

直球で尋ねた。

彼らはなぜか私の本名を把握していた。気味悪いこと、この上ない。

ティンカーベルは思案するように低く唸《うな》った。どこまで話したらいいか、迷うように。その余裕ある態度に腹が立ってきた。

「惨めだと思っているんでしょう？」

「はい？」

「私のことを勝手に調べて、上から目線で蔑んでいるんでしょう？　だからここに『誘ってやった』みたいな態度でいるんですよ」

　ティンカーベルは首を横に振った。

「いいえ。そんなことはありません」

「嘘だ。絶対に思ってるくせに」

　白々しい、と感じた。ここが仮想共有空間でなかったら物を投げていた。アバターを揺らすことしかできない。

「アンタたちとは仲良くできない。どこで個人情報を手に入れたのか知らないけど、今すぐ削除して。二度と私が買ったものに招待状なんか入れないで」

　他に用件はない。

　本当は、三万円を請求してやりたいくらいだが、もうどうでもいい。余裕ぶって接してくる彼らに文句をぶつけ、金輪際関わりを断てれば十分だ。

　ティンカーベルは大きく息を吐いた。

「そうですか、残念ですね」

　落ち込んだような声音に、私はせせら笑う。

「悪いけど、アンタみたいな連中、リアルにもネットにも山ほどいるよ。『助けてあげようか?』なんて優しく話しかけてくる男。大抵は下心全開のクソヤローだけどさ。どうせ、その類でしょ?」

奴らのやり口は分かっている。困っている少女を保護するような態度だが、その実は身体目当てなのだ。しつこくて拒否すれば、ブスのくせに選《え》り好《ごの》みすんな、と罵倒してくる最低な奴ら。

ティンカーベルもその類ではないか、と推察していると「まさか」と驚嘆するような声が返ってきた。

「ただアナタとゆっくり時間を過ごしてみたいんです」

なにそれ、と眉をひそめる。

さっぱり意味が分からなかった。

「少しだけ明かしますと——昔、ボクの近しい人も入院していたんです」

ティンカーベルが口にする。

告げられた「入院」という言葉を思わず繰り返していた。大抵の人間は「病院」を連想する。しかし私は違う。入院と言えば少年院だ。私が少年院にいたことも知っているらしい。だが相手には揶揄する態度はなかった。

『も』ということは彼の知り合いは少年院にいたのか。

何も言えないでいる私に、彼は語り続けた。

「出院当時の彼の寂しそうな目を知っているんです。家族から腫れもの扱いされて、友達からは避けられて、『なんで誰も自分を理解してくれないんだ』って嘆きながら、何度も泣いて」

長い溜め息が聞こえてくる。

「『助けて』って声を上げることさえできなくなっていました」

「…………………………」

胸を穿《うが》たれるような衝撃を感じた。

説教でもなければ、私に宛てたセリフでさえない。彼自身そのつもりで吐いたはずだ。それは世間話のように告げられた。

――それでも私自身の話だった。

それは楔《くさび》のように心に突き刺さり、私はしばらく呆然《ぼうぜん》と動けなかった。

・・・

「本当のことを話させてください」と連絡して、私は瀬戸口さんの家に向かった。

名古屋市北区《きた》にある彼女の家を訪問して、いつもの整理整頓が行き届いたリビングに通される。部屋はエアコンの冷たい空気で満たされていた。お茶菓子を持ってきた方がよかったな、とそこでようやく気づいた。これから話す内容は不愉快にさせるかもしれない。気を回す余裕もなかった。私は緊張で朝から何も食べられないでいた。

瀬戸口さんが淹《い》れてくれた紅茶に手を付けず、私は切り出した。

「全然うまくいっていません、生活の全てが」

目の前に座った瀬戸口さんが、唖然《あぜん》とするように息を呑《の》む。

堰《せき》を切ったように明かしていた。職場では毎日のように怒られていて、鬱のような状態であったこと。かつて通っていたブル前に戻り、夜遊びを再開していること。怪しいハーブを購入しかけたこと。

涙ながらに訴え、頭を下げた。

「でも、もう限界です。居酒屋は無理です。もう働きたくないです」

「どうして？」

私は説明した。居酒屋勤務は、自殺前の父の姿を思い出してしまうこと。その度に頭が凍り付いて、ミスばかりを繰り返して周囲に迷惑をかけ続けていること。

全てを聞き終えると瀬戸口さんは、目を丸くして固まっていた。ショックを受けたように口元を押さえる。

「どうして言ってくれなかったの？　ずっと会っていたのに」

「しっかりした子でいなきゃって思ったからです」

穿いていたスカートの裾を握りしめる。

「しっかりした子どもは仕事だって卒なくこなして、朝帰りなんてしなくて、法律を守る女の子だからです。だから言えなかったんです。認めたくなかったんです」

意地だった。

道に迷った子どもが『自分は迷子じゃない』と言い張るような、幼稚な見栄。

「だって私は、お父さんとお母さんの娘だから」

瀬戸口さんの口から呻くような声が漏れた。

両親と死に別れ、名古屋の伯父に引き取られた私が真っ先に感じたのは『良い子でいよう』という決意だった。『俺たちの娘だからな』と父から告げられた言葉を忘れなかった。なによりの支えだった。

天国で両親が誇らしく思う娘になりたかった。

誰もが羨むような才女でありたかった。

「でも全部、失敗でした……っ」

涙を拭きながら口にする。

「全部全部、私は強がってしまったんです……っ」

高校入学後のテストで理想の点数を取れなかった私は、焦燥に駆られながら勉強に励んだ。伯父たちは応援してくれた。けれどどうしても成績は上がらなかった。一学期の中間テストも学期末テストも順位を落としていくと、だんだんと申し訳なさが積み重なっていた。『転校すればいい』と諭してくれる彼らに『大丈夫だよ』と強がり続けた。やがて心配されるのも嫌になって、家にいない時間が増えた。

それがブル前通いの始まりだった。

ブル前に行けば、進学校に通う私は優等生扱いされた。自尊心を取り戻せた。気づけば深夜外出は常態化し、睡眠不足のせいで崩れ落ちるように成績は落ちた。学校に通わず退学させられた後も「外で勉強する」と伯父伯母に言い張り、非行を続けた。

「うまくいかない自分を認められなくて、周囲の大人には『大丈夫』だって言い張って、大人のいないところで非行に走る……それが私の弱さでした」

少年院からの出院時も、私はまた失敗を繰り返した。

——身元引受人を申し出てくれた伯父伯母に「独り立ちする」と強がった。

——私を雇ってくれた社長に「居酒屋では働けない」と言えなかった。

何度だって虚勢を張った。誰にも心配かけたくなかった。なんでも完璧にこなせる子でありたかった。

そんな訳がないとさんざん経験してきたはずなのに。

自身の弱さから目を背け、本音を吐き出すことさえ放棄した。

「………助けてください。私は、良い子にはなれませんでした」

テーブルに額をつけるように頭を下げる。涙が落ちていく。

瀬戸口さんは立ち上がって、私の背中に触れた。

「ごめんね、気づいてあげられなくて」

すまなそうに控え目に、彼女は何度か優しく背中を擦ってくれる。

「世間はね、少年院にいる子を厳しい目で見る人も多い。だからね、真面目な子は『助けて』って甘えることもできなくなる。アナタみたいに」

何も言えない私に言葉が与えられる。

「大丈夫よ、これから先、やり直せばいいの」

出院して二ヶ月で躓《つまず》いている自分にもまだチャンスはあるのだろうか。やり直せるなんて簡単に思えなかった。

感情が砕け散ったガラスみたいにぐちゃぐちゃになって、泣《な》き止《や》むまで相当な時間がかかったが、その間瀬戸口さんはずっと隣にいてくれた。

全てを明かしたあと、瀬戸口さんはすぐに社長と連絡を取ってくれた。どうやら今後は別の就職口を探していくという流れになるらしい。少年院に戻る覚悟もしていたが、そんな事態にはならないようだ。

山ほど謝らなきゃと思った。やっぱりワガママなんだろうか。今更こんなこと言うなんて。でも何も言わないままこの生活を続けて、検挙されるよりはずっとマシだろう。そう言い訳をして、周囲の優しさに甘えることにした。

社長から直々に「今日は休んでいい」と連絡をもらって、私は何度もお礼と謝罪の言葉を伝え、すぐ自宅に戻った。脱力した心地のままパイプベッドに仰向けに倒れ、そのままベッドの隅に置いていたVRゴーグルを手に取った。

どうしても彼とは話しておかねばならない、と感じたのだ。

『ネバーランド』に接続すると、もう見慣れてきた光景が広がっていた。洋館の広間でティンカーベルがソファで寛いでいる。鐘倉さんの姿はない。

驚いたのは、別のアバターがいたこと。キャスケット帽をかぶった美少女と、アイスキャンディーに手と足を生やしたような生命体がいる。彼らはソファで向き合い、何か真剣な声音で言葉を交わしていた。

「あ、初めまして」美少女の方が私に気が付いた。見た目通り可愛らしい女の子の声をしている。「カノンだよ」

続けてアイスキャンディーの方も「真二《しんじ》です」と男の子の声がして、私は「あ、どうも」と頭を下げた。

この仮想共有空間に集まっている謎の人間は、まだ他にもいたらしい。

「また来てくれたんですね、ミズーレさん」

ティンカーベルが立ち上がり、こちらに歩み寄ってくる。布団の下から見える縦棒二本の目がくっきり見えた。

「本当に」呆れた息が漏れた。「アナタたち、いつもここで何しているんですか?」

「ただ寛いでいるだけですよ」

「それは聞きました」

「でも、案外いいもんですよ」

アバターは無表情なのに、緩んだ相手の口元が見える気がした。

彼は近しい人に少年院経験者がいると語っていた。詳しく説明はしなかったけれど、それは彼の大切な人なのかもしれない。言葉には強い実感があった。

だから、あれほど心に響いたのか。

瀬戸口さんに全てを打ち明けられたのは、もちろん追い詰められていたという事情もあるが、彼の言葉の後押しがあったからだ。世間話でもするように語られた言葉は、私の警戒心を破っていった。

大人が説教を垂れることもない。犯罪に巻き込まれる訳でもない――ただ集まる場。

「確かに」私は頷いた。「案外いいかもですね」

ミッキーの顔を思い出す。ブル前にいる一番の友達は、私に三万円を要求してくる。払えないと突っぱねれば、パパ活に誘ってくるだろう。

でも私はそんなやり取りを望まない。ハーブもパパ活も私を幸せにしない。

ただ一人が嫌なだけ。他人と寛ぐことができればよかった。だんだん明るくなっていく東の空を見上げながら「朝きちゃったぁ」って呆れ合う時間が好きだった。少年院上がりの私の愚痴を一つでも聞いてくれる人がいれば、それでよかった。

「基本、ボクは一日中いますよ」ティンカーベルが頷く。「カノンくんや真二くんは夕方から。鐘倉くんは気分屋ですが」

今日はいないんですね、と声をかけようとした時、広間に誰かが入ってくる効果音が鳴った。二頭身のスーツネコ、鐘倉さんのアバターだ。

「アップロード終了。若干雑だけど、作り終わった」

ネコの顔立ちは可愛いのに声は低くトゲトゲしかった。

「けどマジ向いてねぇわ。既存の3Dモデル買って並べるだけで無理。こっちは『Texture』さえ読めねぇのに。なんで全部英語なんだよ」

ティンカーベルに話しかけているらしい。苛立《いらだ》ちを叩《たた》きつけるような声。

前回の気まずさを押しやって「なんの話です？」と私が尋ねると「新しいワールド作ってた」と答えが返ってきた。態度は横柄だが会話はしてくれるらしい。

「ワールドって？」

「ここの広間みたいな空間のこと。気に食わないんだよ。なんでVR空間内でわざわざ狭い箱みたいな部屋に籠らなきゃいけないんだよ」

鐘倉さんはソファで過ごしていたカノンちゃんや真二君のもとに行き、違うワールドに行け、と命令している。ティンカーベルは私に「この広間は、ボクが用意したんですが。そんなに不満ですかね？」とぼやいた。

鐘倉さんに促されるがまま、私たちはオプション画面を開き、違う世界に飛ぶことにした。一瞬、浮遊する身体。別のワールドに辿り着いたことを報《しら》せる効果音が鳴る。

視界には青空が天高く広がっていた。ＶＲではずっと屋内にいた私はその高さに圧倒される。白いタイルの床があるだけで、壁はない。鐘倉さんが言う『若干雑』という表現以上に簡素な、空に床が浮いているだけの空間。

唯一、入り口から向かって右に巨大な壁があった。近づいてみると、それは一面に張られた写真だと分かった。写真の風景は、作り物の空と同化し、多少の違和感はあるものの空間に溶け込んでいる。

私にはその写真の景色に見覚えがあった。

「太白山……」

「ネットに転がっている画像を張っただけだがな。作りが雑なのは責めんなよ。コンピューターは、得意じゃねぇんだ」

鐘倉さんが言い訳するように口にした。

私は壁の前に立った。視界いっぱいに広がる太白山の頂上から見た風景。覚えている。南東の方向に見える景色。こんもりとした太白山からは、仙台平野を見渡せる。住宅地を横切る東北新幹線と、奥に広がる青々とした太平洋。津波が来る時よりも前に撮られた写真なのだろう。建物が並ぶ沿岸部を見て理解する。私の母さんが生きていた頃。父さんに引っ張られながら頂上に辿り着き、頑張れば報われると無邪気に信じていた七歳の頃。

仮想空間だと分かっていても、視界いっぱいに広がる写真を見つめると、自分がその場に立っているような心地になる。手を伸ばしても風一つ感じないけれど、なぜか空気の流れを感じ取る。

「行ったことはあんの？」隣に立つ鐘倉さんが尋ねてくる。

「昔に一度だけ。でも最近はない。遠いし、お金もあんまりないし」

一瞬の迷いの後に告げる。

「それに、ホゴカンの身だし……」

遵守事項の一つだ。県外に出る場合は、保護司の許可を得なくてはならない。今の私は二十歳になるまで、自由に仙台へ行くことさえできない身。だから自然と控えていた。母と父が亡くなった地を見舞うことさえ考えられなかった。

目の前に広がる光景に、身体の奥底から衝動が込み上げてくる。

堪えきれずに声をあげる。

七歳の頃、父と一緒にしたみたいに、仙台平野の風景に向かって叫んでいた。

喉の奥から衝動のままに何度も何度も繰り返した。喉の奥で震えるような、喚《わめ》き散らすような、そんな無邪気な声。

ふらふら散歩していたカノンちゃんと真二君が驚いたように振り向く。

「VR空間だし、いくら叫んでもいいけど」ティンカーベルが呆れるような苦笑を零《こぼ》した。「ミズーレさんの現実世界は大丈夫なんですか？」

現実世界の私は1R八畳のベッドの上で、でかいゴーグルをつけて奇声を上げている。もし人に見られたら、ぎょっとされるに違いない。

けれど構わなかった。この心地よさに浸っていたかった。


父さん、母さん。ごめんなさい。

私は世間が言う、良い子にはなれませんでした。

高校だって退学して、少年院にも入って、最初の仕事だって続けられませんでした。

アナタたちが誇るような娘ではいられなかったかもしれません。

でも今、私は久しぶりに大声をあげています。

二人がいて幸せに満ちていた、七歳の頃のように。

2章

【日暮大翔《ひぐれひろと》君の御両親へ

厳寒の候お伺い申し上げます。

自分の手紙なんて読んでもらえなくて当然だと思いますが、もし少しでも目を通していただけるのなら、これほど嬉しいことはありません。今自分が思っていること、考えていることを書いていこうと思います。

まず先日の一件について、誠に申し訳ございませんでした。

日暮大翔君の一周忌があると友人伝えに聞き、居ても立ってもいられず、自分の立場を忘れ、訪問してしまいました。あまりに軽率な判断でした。

その時にお母様に告げられた「人殺し」という言葉が胸に刺さっています。

ハッとさせられました。自身に下された処分が軽かったこともあり、いまだ自分は罪の根深さを理解できていなかったのです。あまりに愚かだったと思います。その通りです。僕は大翔君を殺してしまったのです。

無知である僕は、まず弁護士の先生に「人を殺した人間はどう相手家族に向き合えばよいのか」と相談しました。しかし僕の一件は、法律上は『殺人』として扱えず、民事上でも慰謝料は発生しないだろうと説明を受けました。では被害者の方にどう償えばよいのかを先生と考え、今まで通り手紙を書くことにしました。

今後は弁護士の先生に手紙を託します。もし僕の文章なんて読みたくないなら、これまで通り破ってもらって構いません。自分は殺人犯であり、御両親の宝物である大翔君を奪ってしまいました。ごめんなさい。謝っても許されるものではないと分かっていますが、何度だって謝罪させてください。

最後になりますが、もし宜《よろ》しければ、大翔君が納骨されたお墓の場所を教えていただけると幸いです。どうか直接彼の前でお詫《わ》びする機会をください。

伏してお願い申し上げます。

二〇二二年一月十四日　木《き》原《はら》真二】

・・・

「え？　じゃあ真二君もカノンちゃんも来たの最近なんだ？　へー、てっきり私だけが新参者だと思ってた」

キノコ頭を振りながら、ミズーレさんが口にする。

仮想共有空間内のワールドの一つ、『ネバーランド』での会話だった。各々のアバターを纏い、電子上でコミュニケーションできるゲーム。僕のVRゴーグルに映っているのは、豪華な洋館の広間と、そのソファに座るキノコ生命体とアニメ系美少女。

現実世界では味わえない、中々奇妙な光景だった。

かくいう自分も巨大なアイスキャンディーのアバターだ。VR空間内の鏡を見ると、スカイブルー色の動く壁みたいな摩訶不思議《まかふしぎ》な生物が映っている。

「先月来た、ワタシが三番目」キャスケット帽の美少女アバターを使う、カノンちゃんが口にした。「もうその時には、ティンカーベルさんと鐘倉さんはいたかな。あの二人が古株じゃないかな」

「僕は四番目」手を振りながら自分も答えた。表情を細かく動かせないこのVRゲームでは、ついボディランゲージが大きくなる。「カノンちゃんの一週間後です」

「ふぅん。ちなみに、カノンちゃんたちはどんな風に来たの？」

フランクに踏み込んでくるミズーレさん。

カノンちゃんは苦笑するように「まぁ色々」と誤魔化し、自分もまた「詳しく言うのはちょっと」とお茶を濁した。

多分だけれど、各々何か問題を抱えて、ここに来たのだろうということは察しがついている。そして、ほとんど匿名に近い相手においそれと話せる問題でもない。実際、一ヶ月近く交流しているカノンちゃんの事情を、僕はよく分かっていない。

ミズーレさんは「私は多分違法っぽいハーブを買おうとしたら、なぜかここに来たんだけど」とあっさりと素性を開示した。

「うわ」と僕が呻き、カノンちゃんが「言っちゃうんだ」とツッコんだ。

違法ハーブ云々《うんぬん》より、それをペラペラ喋《しゃべ》ってしまえる感覚に驚く。

「まぁ実際買ってないしね。つーか買えなかったし」

ミズーレさんは他人事《ひとごと》みたいに笑っている。

「そういや、二人はいくつなの？」

「十七」と僕が答え、「ワタシも再来月十七」とカノンちゃんが続いた。

「えっ？　私の一個下じゃん。二人とも落ち着いてるし、年上だと思ってた」

場を盛り上げるミズーレさんのリアクションに自然と笑みが零れる。

ミズーレさんが『ネバーランド』に訪れてから、一気に空間の雰囲気が明るくなった。こちらが話題に困った時は、最近の出来事をよく語ってくれる。

既に働いている彼女は、ここ最近、アパレルのショップ店員に転職したらしい。接客には苦労しているが、以前働いていた居酒屋よりはずっと自身に合っていると楽し気だ。昇給するためには色彩検定を受ける必要があるらしく、今は三級合格に向けて励んでいるそうだ。

今は、ティンカーベルさんと鐘倉さんは別の空間で新しいワールドを設計中。先日作った『太白山頂上』は、よくよく問い詰めると、写真を無断転載していたらしく、全員で批難し、ワールドごと削除することになった。

「なんか、私ばっか話してごめんね」

途中ミズーレさんがすまなそうに笑う。

「イマイチ分かってないんだけどさ、二人はここで何しているの？　こんな風にずっと喋っている訳？」

「そうでもないよ。お互いの作業に没頭していることも多いかな」

　カノンちゃんが答える。

「ワタシは絵とか描いている。別に現実で一人で描いててもいいんだけど、ずっとだと寂しいし、慣れるとVR上でやった方が楽しくて」

　広間の隅には、カノンちゃん用のキャンバスが置かれていた。彼女の希望で鐘倉さんが苦労して設置してくれたらしい。有名な少年漫画のファンアート。一度描き上げるとファンコミュニティのワールドに持っていき、公開するという。

　ミズーレさんはひとしきり感心した後「真二君は？」と話を振ってきた。

　一瞬答えに迷って、カノンちゃんの方を見てしまう。だが、これは僕自身の問題であった。他のメンバーも知っていることだ。

「手紙の草稿を書いています」

　正直に明かすことにした。ミズーレさんが悪い人には思えない。

「手紙？」

「よく皆さんに相談に乗ってもらいながら」

　説明するより見せた方が早いと思い、文字入力用のウィンドウを立ち上げる。このVRゲームにはパソコンと接続する機能もある。ティンカーベルさんもよく同様の機能を用いて、何か執筆していた。

まるでプロジェクターに投影するように手紙の文面が映し出される。今年の一月に出した手紙だ。これを読めば事情が分かるはずだ。

「僕が傷つけた人への手紙です」

ミズーレさんの息を呑む音が聞こえてきた。

・・・

悔いても悔い切れない過ちがある。

――夜遊びを繰り返していた高校一年生・木原真二は、友人である日暮大翔と大型バイクを盗難し、無免許運転で二人乗りをした。十キロほど走行した後、転倒。そのときハンドルを握っていた日暮大翔は対向車に轢《ひ》かれて死亡。

それが、僕が犯した過ちの表向きのあらまし。

処分は軽く済んだ。両親が僕のために弁護士を雇ってくれたおかげだ。少年鑑別所に入ることになったが、少年審判の結果は不処分となった。

けれど、これは表向きの話――僕が犯した本当の過ちはより罪深い。

だから日暮大翔の両親に、謝罪の手紙を書き続けている。

・・・

「今週の手紙を持ってきました」

目の前に座る春原《すのはら》先生は、うん、と頷くと、すぐに確認してくれた。草稿は既にメールで送ってOKはもらってある。それを便箋に書き直して、毎回、先生の事務所で誤字脱字を確認してもらう。

春原先生は弁護士だ。眼鏡をかけた痩身の三十半ばの男性。忙しすぎてあまり寝ていないのか、目元には濃いクマがかかっている。会うたびに心配になるが、いつもニコニコとした笑みは崩さない。

最初にお世話になって以来、春原先生はずっと親身になってくれている。少年審判で不処分だったのも、春原先生のおかげだと両親が教えてくれた。それ以来、春原先生の事務所には一週間に一度は訪れ、大翔のことで相談に乗ってもらっていた。

春原先生は手紙を読み終えると「うん、いいと思う」と大きく頷いた。

「毎週欠かさずに書き続けて、偉いね。普通はここまでやれないよ。続けられない子の方が多いんじゃないかな」

「偉くなんかありませんよ。悪いのは僕なので」

手紙は少年鑑別所から出て以来、書き続けている。最初は直接大翔の家に謝罪に行ったのだが強く追い返されてしまい、手紙で謝罪を伝えるようになった。大翔の一周忌の場で送った手紙は即刻破り捨てられていると知ってからは、春原先生に手渡ししてもらっている。

「正直」僕は俯《うつむ》いた。「謝罪なんて自己満足なんじゃないかって思う時もあります。こんなの大翔の御両親には迷惑なだけかもしれないって」

手紙を書く手が止まる夜だって当然ある。大翔の両親の望みは一つ。『大翔を返せ』以外にないのだから。

春原先生は、そうだね、と口にした。

「その考えは一理ある。加害者の手紙なんて読みたくもない人は多いよ。事件を思い出して傷つくだけだからね。キミがしているのはある種、残酷な行為だ」

「はい」

「でもね、『手紙なんて所詮、自己満足だから書かない』ってキミから主張するのも、またそれは違うんじゃないかな?」

甘えた心を見透かされ、唇を嚙んだ。

春原先生の言う通りかもしれない。

どんな言葉で取り繕おうとも、僕が日暮大翔の両親を深く傷つけた真実は揺るぎない。僕に出来るのは謝り続けることだけだ。相手から、もういいよ、と言葉をもらえるまで、自分の意志でやめるわけにはいかない。

「大丈夫。そんなに思い詰めた顔をしないで」

春原先生はにこやかに微笑んだ。

「御両親の心情的には『許す』なんてことは簡単に出来ないと思う。でも、いつか、お互いにとって折り合いのつく日が来るはずだから」

励ますように肩を叩かれ、僕は「ありがとうございます」と深く頷いた。

手紙の件を切り上げた春原先生が、応接スペースで煎餅を食べながら近況について尋ねてきた。僕は「結局、通信制の高校に転校することに決めました」と報告した。

春原先生は「そうかい」と少し哀しそうに頷いた。

「やっぱり気まずかったです。クラスメイトともギクシャクする感じがして。だったら別の場所に移った方がお互い楽だよなぁって」

「前向きな決断ならいいけどね。でも通信制って寂しくないかな？　基本的にはずっと家で勉強するんだろう？」

「それが案外そうでもなくて」

訝しがる春原先生に、こっそり明かした。

「友達が出来たんです、ネット上に。ここ最近は勉強を終えると入り浸っています」

「入り浸る？」

「仮想共有空間ってやつです。ＳＮＳよりずっと人との距離が近く感じられて、あんまり寂しさは感じないですね」

率直な本心だった。最初は抵抗があったが、『ネバーランド』は今では自宅のリビングよりも心地いい空間になっている。画面越しでも相手の息遣いまで分かるし、リアルタイムで動く相手を見ると、テレビ通話より『生身さ』を感じられる。大抵は『ネバーランド』に籠っているが、たまにカノンちゃんと他のワールドを観光するのも面白い。現実世界では体験しえない、空中庭園や古代遺跡を冒険するのだ。

「多分ですけど」気づけば、自然に口にしていた。「大翔にも教えてやれば、嵌《はま》ったんじゃないかなって思います」

春原先生が優し気な声音で「そう」とだけ呟いた。

反応に困るような発言だったな、と反省する。しかし仕方がない。アイツが死んでから一年八ヶ月経っても、自分の親友はアイツだけだ。

三年以上の年月、僕と大翔は一緒に過ごしてきたのだ。
もともと僕と大翔は教室の反対側にいる人間だったにも関わらず。

・・・

公立中学の一年一学期の教室はまるで戦場みたいだ。とりあえずは各小学校出身の人間でグループを形成し、他グループを観察する。イケてる奴、モテそうな奴、喋りがうまい奴、腕っぷしが強い奴。そんな互いが互いを見定める期間の後は、集団を離れたり寝返ったりする騒乱の時期となり、六月にはピラミッド型のカーストが形成され、終戦を迎えた。

そんな争いに加わるのもバカバカしく、早々に離脱もしくは敗北した僕は、教室の片隅で短編小説を書き綴《かつづ》っていた。中学校の図書館で見つけた星新一のショートショートに嵌り、片っ端から読み進め、そして自身でも執筆してみたいと思うようになった。教室内の戦争を横目で眺めつつ、手帳に文章を書き綴っていた。

「お前、何書いとんの？」と日暮大翔に手帳を取り上げられたのは、中一の七月。

うわ最悪、と思った。

日暮大翔と言えば、四月五月の教室戦争を勝ち抜いた頂点だった。いや、本人にしてみれば、勝ち抜いた自覚さえないはずだ。周りが勝手に大翔に憧れ、勝手に持ち上げた。大翔本人はただクラスでお調子者として振舞っているだけで頂点に立った。

校則ギリギリまで伸ばした髪をセンター分けにして、目鼻立ちの整った顔を全面に晒している。祖父が中国人だと聞いた記憶がある。同じアジアだが日本人とは違う血が混じっているせいか、雰囲気が周囲と違う。中国語なんて『ニーハオ』以外一言も話せないのに、時々即興の中国語っぽい発言をしてクラスメイトを沸かせていた。

そんな大翔という男に昼休み、目をつけられた。

トイレから戻ってきた直後らしい。大翔は両隣にいたクラスメイトを先に行かせ、勝手に僕の手帳を読み始めた。

嫌な汗が滲《にじ》み始める。返せ、とも言えなかった。彼の動作があまりに自然で、悪気のようなものが感じられず、つい怒れなかった。

気まずい沈黙が続き、やがて彼が手帳を閉じた。

「これ、借りていいか？」と彼が口を開いた。「放課後、ちょっと頼みがある」

そこからは怒濤《どとう》の展開だった。

放課後、学校近くの土手に移動しながら彼は矢継ぎ早に語った。

「俺さ、お笑い芸人になりたい。芸人。ここ最近、芸人が一番かっこよく思えてきたわけ。クラシック音楽とか聴く？　俺さ、イマイチ感動できないんだよ。普通にポップスの方が好き。その点お笑い芸人はいいよ。笑えるもん。高尚なものは、それが理解できる人にとっては良いものなんだろうよ。でもな、それって理解できない者はさ、寂しくない？　俺はさ、人に寂しい気持ちにさせるより、低俗って言われてもいいから笑わせたい」

一通り聞いても「日暮大翔は芸人を目指している」以上の情報は得られず、コイツは本当に人気者なのか、と勘繰った。

そんな気持ちがバレたのか、大翔は「すまん、熱くなり過ぎた」と手を振る。

「木原真二。お前、相方になってくれ」

「は？」

「ネタ書けるだろ。手帳、授業中に全部読んだ」

大翔は胸ポケットから僕の手帳を取り出した。

「『ポンコツ性能の通訳アプリを使って、海外で銀行強盗をする話』、これはコントにすれば面白い。『セルフレジにぼったくられる話』、これは設定少し弄れば漫才としていける。お前、漫才とコントならどっちが好き？」

呆れて口が開けなかった。隣にいる男の正気を疑った。

既に大翔は手帳を開きながら、一人二役で漫才を始めていた。実演してくれるらしいが、路上で自作の小説を読み上げられる恥ずかしさはたまったものじゃない。「やめてくれよ」と無理やり肩を掴んで制した。

「なんで僕なんだよ。もっと明るくて、喋りが上手《うま》い奴にしろよ」

「バランスだよ、バランス。オードリーとかハライチとか、陰と陽の組み合わせが一番面白い。俺みたいな明るい奴には、お前みたいな暗い奴がいいんだ」

ここまで悪意のない『暗い奴』認定は初めてだった。

大翔は僕の前に回り込み、両手を合わせてきた。

「頼む。な？　せめて、次の文化祭のステージまででいいから付き合ってくれ」

なにやら巨大な引力に吸い寄せられるような心地だった。

だが、そのエネルギーに抗《あらが》える程の胆力を、僕は持ち合わせていなかった。

最初は付き合ってやるか程度の気持ちだった。

しかし、意外にも文化祭のステージは大成功を収めてしまう。

大翔の喋りが上手すぎることもあってか、体育館のステージは大盛り上がりだった。まだ大翔のことをよく知らないはずの上級生たちでさえ腹を抱えていた。体育館が揺れるような感覚。やばいな、と思った。大翔と組めば、僕が書いたネタでこんなに人を笑顔にできる。麻薬に近い快楽が脳を揺さぶった。

いつの間にか僕もお笑いにのめり込んでいた。

僕たちはその後も一週間に一度、川土手に集まって漫才の練習を続けた。僕がネタを書くと、大翔からダメ出しや提案を受けて練り上げる。完成したネタを何度も繰り返し練習する。喋りで足を引っ張っているのは僕なので演劇部に入り、発声練習に混ぜてもらった。人付き合いの多い大翔は、ほぼ毎日誰かと遊んでいるようだったが、その豊富な交流で、トーク技術に磨きをかけているようだった。

中学三年になる頃、大翔と二人でお笑いライブに行くこともあった。東京《とうきょう》からやってきた、毎日テレビで見るような人気芸人の単独ライブ。親に頼んでチケット代を出してもらい、緊張しながら向かった。テレビやネット配信ではない、リアルな芸人の姿に胸が高鳴ったことを覚えている。終演後、右隣で涙を流して笑っていた大翔が話しかけてきた。

「俺たちもあのスポットライトの下に立つぞ」

その熱に感化されたように、自分の心も燃え上がった。練習していたネタをSNSに投稿することに決めた。週一の練習をほぼ毎日に切り替えて、土手に集まった。初めて上げた動画は全くと言っていいほど伸びなかったが、続けるうちにお笑いファンの目に留まり、数百、数千とフォロワー数を増やしていった。

些細《ささい》なことで僕は悩んだ。「そうじゃねぇよ」と「そうじゃねぇだろ」では、どっちが相応《ふさわ》しいのか。あまりに乱暴な表現だと引いてしまう視聴者もいるのではないか。考えすぎてウダウダしていると、大翔は決まって同じセリフを言った。

「正解なんてねぇよ」

やけにキザったらしい口調で語るのだ。

「俺たちの行動が、選択を正解にするんだよ」

特に根拠のない励ましだったけれど、その根拠のなさが大翔らしくて好きだった。

その頃には、僕がネタ案を書き込んだ手帳は十二冊にもなっていた。大半は机の隅に積んであるが、大翔が僕を見つけてくれた最初の一冊だけは今も机の目立つ場所に飾っている。大翔が亡くなった後もずっと。

・・・

ミズーレさんに手紙の件を伝えた翌日、なぜか彼女が「私も手紙、書こうかな」と張り切っていた。お世話になった伯父伯母に手紙を送りたいという。

今日はメンバー全員が出席していた。

ネコ紳士のアバター、鐘倉さん。キャスケット帽の美少女アバター、カノンちゃん。そして巨大キノコのアバター、ミズーレさん。

「そもそもお前パソコンねぇと、文章書けねぇぞ」と鐘倉さんがツッコミを入れた。

ミズーレさんが使用している、内蔵型ＶＲゴーグルだと文章入力は難しい。できないことはないが、相当手間がかかる。

「だから真二君に代わりに入力してもらおうと思って。私が読み上げるから、後でデータ頂戴」

「手紙なんて直接手書きで書きゃいいだろ」

「アホな私がそんなことしたら、ぐっちゃぐちゃな手紙が出来上がるじゃん。高校中退、舐めんな。少年院でも書いたけど、かなり酷い出来だったよ」

「全中卒に謝れ。お前よりしっかりしてるわ」

ミズーレさんと鐘倉さんのテンポのいい掛け合いに、カノンちゃんがくすくすと笑っている。

結局、今日はミズーレさんの手紙の草稿を書く運びとなった。VR空間に巨大なスクリーンを投影させ、僕のパソコンの画面を映し出した。時候の挨拶だけは入力し、「どうぞ」と促し、ミズーレさんの言葉を待った。

「……うーん、何も言葉が浮かんでこない」

「くたばれ」

鐘倉さんのアバターがミズーレさんに体当たりする。痛くはないはずだが、ミズーレさんが、ぎゃっ、とリアクションを取った。

僕は「まず手紙を出すに至った動機じゃないですかね」と提案する。ミズーレさんが「んー、『いつも心配かけているから』とか?」と答え、鐘倉さんが「ふわっとしてんな」と毒づき、カノンちゃんが「もうLINEで良くない?」と苦笑した。

しばらく彼女の手紙に悪戦苦闘する時間が続いた。

結局ミズーレさん自身の動機が定まっていないため、まずはインタビューを試みる。なぜ伯父さんたちに手紙を出したいのか。具体的にどんな恩を受けたのか。それについてアナタは当時何を考え、今は何を感じるのか。

聞き取りの最中にずっと野次を入れていたのは、鐘倉さん。何度もミズーレさんと鐘倉さんの間で言い合いになり、インタビューは中断した。高校中退だというミズーレさんは、鐘倉さんが中卒だと知って学歴マウントを取り始めた。カノンちゃんは「二人、仲良しだね」と僕に囁《ささや》いてくるばかりで仲裁をしない。最終的には僕が「手紙、書く気あります？」とミズーレさんを窘《たしな》め、なんとか会話の軌道を戻す。

僅かＡ４半分程度の文章を書くのに、結局二時間近く費やす羽目になった。苦労のかいあってミズーレさんは仕上がった手紙に「いいね！　真二君、ありがと！」と深く頷いている。

原稿を彼女のスマホに送信したところで、どっと疲れが押し寄せた。

「よくやっていますね、真二くん」

背後にティンカーベルさんが立っていた。彼は僕たちが手紙に四苦八苦している様子をただ眺めていて、会話に加わってこなかった。

「別にいいですよ」つい笑っていた。「たまには、こういうのも」

「真二くんの技術に感心していました」

「はい？」

「うまくまとめていたじゃないですか。ミズーレさんと鐘倉くんが騒ぎ立てる中、何度も『つまり、こういうことですか？』ってうまく要約していて」

顔が熱くなる。自分が誘導しないと、手紙がまとまらないと焦っただけだ。褒められると照れてしまう。

「慣れですよ。昔、もっとメチャクチャな要求をしてくる奴がいたんで」

大翔のことだ。彼は基本的には僕が書いたネタを受け入れてくれたが、向上心が強いのでダメ出しも多かった。『ここのフリ、もーっと、ぐぅって溜める感じにならん？』とか『なんかツッコミが嵌らん。噛み合わせが悪い』とか、感覚的な要求ばかりだったけど。そんな無茶ぶりを受け『例えば、こう？』と修正案を提示するのは、専ら僕の仕事だ。

大翔に比べれば、ミズーレさんの要求は可愛いくらいだ。

「そうですね」つい頬が緩んでいた。「だから懐かしかったです。感謝したいのは、むしろ僕の方かも。自分の手紙を書く励みにもなりました」

ティンカーベルさんは「そう」と穏やかな声で頷いた。

「本当に真面目すぎますよ、キミは」

どんな意図の言葉なのか。いまいち分からず首を捻る。僕はティンカーベルさんの素性を知らない。現実世界の僕の素性を知り、ここへ招待した謎の人物。

彼がなぜ僕を『ネバーランド』へ誘ったのか、まだ分からないでいる。

・・・

八月の中旬、春原先生に手紙を褒められた。

冷房がほどよく利いた事務所で、こだわって水出しにしたというアイスコーヒーを頂いていた。ちょうど事務員の一人が産休に入ったらしく、僕にバイトとして来ないか、と先生は誘ってくれた。春原先生にはお世話になっているので快く了承した。電話応対やデータ入力などの簡単な雑務だという。そのあとで、いつもの手紙を提出したところ「ここ最近、文章がぐっと良くなったね」とにこやかな表情で言ってくれた。

「表現の幅が広がったね。今までは型通りの言葉が並んでいるような、堅苦しい文章だったけど、今の方がキミの誠実な気持ちが伝わるよ」

「ありがとうございます」

頭を下げながら、『ネバーランド』のメンバーのことを思い出していた。毎週、手紙を彼らにも読んでもらい、感想をもらっていた。失礼な言葉選びがないか、逆に怒らせてしまうのではないか、と不安な部分は多々ある。彼らは自身の問題のようにいつだって親身に受け止めてくれる。

「手紙は大翔の御両親に読んでもらえているでしょうか？」

不安に思っていたことを尋ねた。一周忌の際、送っていた手紙は即座に破かれていたことを知った。春原先生に手渡してもらうようになって以来、そんなことはないようだが、いまだ返事は受け取っていなかった。

「どうだろうね」春原先生は困ったように眉を顰《ひそ》めた。「でも、きっと読んでいるんじゃないかな。会うたびに御両親の表情、柔らかくなっている気がするから」

「本当ですか？」

思わず声が上ずってしまう。嬉しかった。これまで自分が送り続けてきた手紙は、自己満足などではなかったのだ。

――だったら、せめて大翔のお墓参りだけでもさせてくれるよう頼めないかな。

続けて要求しそうになった心を、慌てて押しとどめる。調子に乗ってはいけない。自らを戒める。まだ許されたわけではないのだから。

そう理解しつつも、自分の言葉が少しでも届いたことに安堵《あんど》の息が零れていた。

春原先生とバイトについて話を詰め、その日は帰宅した。

玄関に入ったところでカレーの匂いが鼻腔《びこう》を刺激する。ナス、トマト、オクラ、ズッキーニ、夏野菜をふんだんに使った父さんのカレーだ。大翔の大好物でもあった。

雨の日、僕の家でネタ合わせをやっていた時に一度食べ、それ以来、夏が訪れると川土手で練習した後頻繁にカレーを食べに来るようになった。おかわりまで要求する程、気に入っていた。父さんは僕たちの夢を応援してくれていたから、そんな厚かましい大翔にも悪い顔をせず大盛りのカレーをよそってあげていた。

キッチンに立っていた父さんに「ただいま」と声をかけると、父さんは「真二」と躊躇交じりの視線を投げかけてくる。

「なに？」

「テレビのハードディスク、そろそろいっぱい。どうする？　ブルーレイに移す？」

あぁ、と居間に置かれた五十インチの液晶テレビを見る。大翔とのお笑い活動に本気になって以来、人気のバラエティー番組は全部録画するようにしていた。テレビに取り付けた記録媒体の容量がいっぱいになれば、ブルーレイに移して、いつでも見られるよう、ラックに整理している。

決して言葉にはしなかったが、父さんの意図を理解する。

――まだお笑い番組を見る気はあるの？

自動的に撮り溜まっていく番組を一本たりとも追えていなかった。起動すれば「未視聴」を示す、赤い記号が上から下まで埋まっているはずだ。大翔が亡くなった時に、お笑い芸人への情熱は、蠟燭《ろうそく》の火が吹き消されるみたいに一瞬でなくなってしまった。

そして父さんはこうも聞きたいはずだ。

――もうお笑い芸人は目指さないの？

勉強もしっかりしなさいよ、と文句をつけながらも、両親は自分の夢を応援してくれていた。最初難色を示していたが、大翔が直接話せば、瞬く間に態度を変えていった。

「後で消しておくよ」と僕は視線を外しながら言った。「僕の相方はアイツだけだから。今更他の奴と組めない」

「分かった。それが真二の決断ならね。たくさん悩んだ末だろう」

「うん、死ぬ程悩んだよ」

「でも親として聞くよ。ピン芸人っていう道もあるんだろう？」

考えなかった訳じゃない。一人で活動するお笑い芸人も山ほど存在する。

「無理だよ」僕は首を横に振った。「もしさ、奇跡が起きて売れたとして、僕がテレビやネットに出ていたらさ、大翔の両親、すげー嫌な気持ちになるでしょ？　人を不愉快にしてまで、芸人になりたい訳じゃないから」

そう語り終えたところで、気の毒がるように目を細める父さんに気が付いた。

ハッとする。まるで自分に言い聞かせるセリフみたいだった。

逃げるように自室に向かった。正面の壁に貼られているポスターが視界に飛び込んでくる。大翔と一緒に出掛けた芸人の単独ライブのものだ。サイン入り。本人には会えなかったので、なぜか大翔がそれっぽく油性ペンで書きこんだ。

ムシャクシャする気持ちのままに、そのポスターを剝がそうと思って手を伸ばし、躊躇する。ポスターから目を逸らすように、机の上を見る。

愛用している手帳が山のように積み重なっている。

僕はカバンから今使っている手帳を取り出して、机の上に広げた。かつてはショートショートを綴り、大翔と出会ってからは漫才のネタを書き殴っていた。バラエティー番組を見て、面白いと感じたツッコミのフレーズを集め、自身の漫才に活用できそうなものをアレンジした。学校生活でふとコントのシチュエーションを思いつけば、授業中だろうと迷わずメモをした。

だが今、紙面を埋めているのは、全く違う文章だ。

『ごめんなさい』『多謝』『自分が間違えていました』『もう戻ってこないのに』『彼の相方として止めるべきでした』『心が弱かった』『罪と向き合い』『頭が悪かった』『彼のために出来ること』

大翔の両親への謝罪の手紙を書くために、思いついた言葉や表現。

僕の手帳は、償いの言葉で全ページ埋め尽くされている。

・・・

大翔は両親の愚痴をよく吐いていた。

「いまだに理解得られてねぇんだよな、俺んとこ。文化祭でどれだけ沸かしたか、何べん聞かせても『芸人なんて』しか言わん」

彼の両親は、大翔には堅実に働いてほしいようだった。芸人なんて将来の保証がないというのが言い分。その心配は理解できるが「はいそうですね」と受け入れることもできない。応援してくれる僕の両親の方が珍しいのかもしれない。

「高校に入ったら狙うぞ。ハイスクール漫才コンテスト。で、TikTok は在学中に十万フォロワー以上。そこまで行きゃ、文句は言わんだろ」

中三の夏から一層僕たちは、お笑いにのめり込んでいった。一緒に行った単独ライブが心に火をつけた。夜遅くまで練習やネタ出しに励んでいた。

大翔の口から両親の愚痴が増えてきたのも、その頃だ。大翔がお笑いに捧げる情熱が、親子関係に不和をもたらしていたのは明らかだった。大翔も直接口にしなかったが、毎晩大翔に付き合う僕のことも嫌っているようだ。

彼は家にあまり帰らないようになった。

その後、秋から冬にかけて、大翔の交友関係は変わっていった。

「家だと親がうるさい」と言って、知り合いの家によく上がり込んでいたらしい。学校以外の場で見つけた仲間だという。約束の土手には毎回来てくれたが、服にはタバコの臭いが染みついていた。大翔は「喉痛めるから吸わん」と語っていたから、仲間が吸っているようだ。時々バイクで送ってもらっているのを見かけた。刺々《とげとげ》しい色のTシャツの上に、革のジャケットを着て、じゃらじゃらとシルバーのアクセサリーを付けている男。そんな人間が大翔の周囲に現れ始めた。

「大翔、大丈夫か？」

仲間のバイクに乗り、土手にやってきた大翔に忠告したこともある。

「危ない連中と絡んでないか？　なんだあれ？　受けとる方か、出す方か？」

「特殊詐欺前提かい」

大翔はあっけらかんと笑い、白い歯を見せた。

「見た目はアレだけど、良い人たちだよ。よく俺らのネタ動画も見てもらっているし、家でコンセントも貸してくれるしな。お前も一度来いよ」

「ツーショット写真はネットに上げるなよ」

「だから反社じゃねぇって」

一通り話し終えるとすぐに大翔は「寒いからさっさとネタ合わせしようぜ」と先を促した。いつもと同じ爽やかな態度に、追及できなくなり口を閉ざしてしまう。

「お前までそんな顔するなって」

大翔は肩を竦《すく》めた。せっかく買ったジュースの炭酸が抜けていたような、そんな哀し気な表情をしている。

「お前まで？」

「昨日、無断外泊の件で親に超怒られた。マジで気まずい」

そもそも僕は大翔が無断外泊していることさえ知らなかった。さすがにそれはどうなんだ、と感じていると、大翔は「だからそんな顔すんな」と苦笑する。

「いいんだよ。芸人なんだから。ちょっと羽目外すくらいがいいんだって。今度紹介してやるよ。さっきバイクに乗せてくれたのが橋口《はしぐち》先輩。けど、一番尊敬できんのは、やっぱレジスタンス月島《つきしま》さん」

思わず「誰だよ、レジスタンス月島って」とツッコミを入れてしまう。すると大翔はにやっと口元を緩めて「分かった。今からレジスタンス月島さんの真似するわ」とリズムよく返し、そのまま即興漫才を始めてしまった。大翔がボケれば、僕はもうツッコミを入れるしかない。

話が逸れている認識はあったが、そのまま乗せられてしまった。

結局のところ僕は『日暮大翔のすることならば、大丈夫だろう』と安心しきっていたのだ。根拠なんてなくても、彼の選択は正しい。そう思わせる魅力があったから。

・・・

もし、と何度だって夢想する。

もし大翔の両親に許してもらう日が訪れたならば、もう一度お笑い芸人を目指す時が来るかもしれない。大翔と一緒に作り上げたネタを更にブラッシュアップして、日本中の人間を笑わせてみたい。天国の大翔に届くくらいに。

だから誠心誠意、謝罪の手紙を書き綴る。

『ネバーランド』の人たちに出会えたことは、幸運だった。こんな相談、他には出来ない。きっと彼らにも悔いる過去があるのだ。だから僕の悩みを受け止めてくれる。

文字量は自然と多くなった。便箋に何枚も書き綴った手紙を春原先生に提出すると、先生は目を丸くした後に「本当にキミは真面目だね」と褒めてくれた。

大翔との記憶を思い出すたびに、手帳に書き込んだ。どれだけ自身と大翔が交流を深めてきたか。生前の彼がどれだけ熱心にお笑いと向き合い、周囲を笑顔にしてきたか。そして、それを奪ってしまった自身がどれだけ罪深いか。

僕は何十時間何百時間を費やそうと、大翔の両親に分かってほしかった。

・・・

八月下旬、僕は文房具を買いに近所のショッピングモールに出かけた。

多くの人で混み合う店内を進みながら、自身がすっかり夏に取り残されていることに気が付いた。腕をからめながらクレーンゲームで遊んでいるカップル、フードコートで一息ついている家族。行きかう人々の九割以上は半袖で、皆が日に焼けている。それを見て、自分が今年の夏はどこにも行かなかった事実に気づいた。

昨晩ミズーレさんが「仕事めっちゃ褒められた」と些細なことで、ぐるぐるＶＲ空間を回りながら喜んでいたことを思い出した。そういえば彼女が来てからもう一ヶ月が経つ。時の流れは早い。転職したばかりの彼女だって、既に周囲から頼られている。

自分は手紙を書き続けただけだ。辛い記憶を思い出したくなくて、バラエティー番組一つ見ていない。もうネタも練れない。

文具コーナーで、飾り気のない便箋とボールペンを購入する。他に必要なものはなかったか、と売り場をうろうろしたが、今の自分には他の道具など要るはずもない。

あ、と声をあげたのは、どっちが先か。

売り場を出たところで、大翔の母親と行き会った。

会うのは大翔の一周忌以来だった。血の気がない白い肌を見る。僕を恨み続けている人。僕が詫び続けなければいけない相手。

彼女は息を呑んだ。向こうもすぐ理解したようだ。そして口元が震える。しかし言葉にはならず、その事実を恥じるように顔を伏せ、すぐに踵を返した。ショッピングモールにパンプスの音を響かせ、足早に僕とは逆方向に去っていく。

咄嗟の出来事にどうすればいいのか、分からなかった。しかし、このまま彼女を行かせてはならないと脳の奥底が叫んでいた。

「あっ、あの」

すぐに駆け出し、彼女の背中に声を投げかける。

大翔の母親は足を止め、カバンを脇で抱えるように握りしめながら僕に視線を向けてきた。嫌悪感を隠さない、黒い瞳。話しかけてしまったことを一瞬で後悔してしまう程の。だが今更引き返せはしない。

汗ばむ手を握り込み、小さく息を吸い込んだ。

「手紙、読んでもらえていますか？」

相手の表情が微《かす》かに動く。虚を衝《つ》かれるように。

構わず続けた。心臓がバクバクと音を立てていた。どうしても早口になってしまうし、途中つっかえそうになる。きっと大翔と発声練習をしていなかったら、僕の声は途中で掠《かす》れていただろう。

「文章は拙いでしょうし、自己満足かもしれません。でも、僕の正直な気持ちなんです。御迷惑でなければ、今後も送らせていただいても――」

「読んでいませんよ」

氷のように冷たい声。

呻き声を堪える。目の前の相手はひどく醜いものを見るような、嫌悪感に満ちた眼差しを僕に向けていた。一刻も早く消えてほしい、と願うような表情。

「あの、やめてくれませんか？　毎週弁護士を来させるの。アナタの言う通り、自己満足です。手紙だっていつも目の前で破いているのに」

「……破いている？」

そんな話は春原先生から聞いてなかった。

足元が消えていくような、不思議な心地になる。ショッピングモールの喧騒《けんそう》が遠のいていき、大翔の母親が告げた言葉だけが耳元でリフレインする。

「ほら、まるでこっちが悪者みたいな目をする」

彼女は口元だけで笑いを零した。分かり切っていた、と言わんばかりの勝ち誇るような、寂し気な微笑。

「あの弁護士と一緒。なぜ、アナタたちが傷ついたみたいな顔ができるんですか？　一種の暴力ですよね。被害者と加害者の和解なんて、勝手な筋書きを押し付けてくるの。なんで従わなきゃいけないんですか？　大翔を奪われたのはワタシたちなのに」

言葉の一つ一つが胸の深くまで突き刺さっていく。『傷ついた顔』と言われれば、間違いないはずだ。ナイフで全身を串刺しにされたような痛みだ。それに耐えられる強さなど持ち合わせていない。

そんな僕を見て、大翔の母親は一層蔑むように目を細めた。

「人殺し」

昨年の十二月、大翔の一周忌で告げられた言葉。全く同じ表情、全く同じ声音。

何も変わっていなかった。

『許される』なんて、思い上がりも甚だしい。便箋が入ったビニール袋を取り落とした。僕はそれを拾うこともできず、去っていく彼女を呆然と眺め続けていた。

《真二君、突然どうしたの？　え？　…………会った？　……うん……そうか、そうだね……うん……そうだよ。ごめん、君に事実を伝えなかった件は、謝らせてくれ。キミが手紙を続けられないと思ったんだよ。でも無駄じゃないはずだ。大翔君のお母さんだってね、毎週毎週心が籠った手紙を裂いて、何も感じないはずがないんだ。ここで手紙を書くのを止めたら、向こうだって「その程度の覚悟だったのか」って落胆するさ。これまで通り誠実に書いていけば、いつか読んでくれるし、きっと許される日も来る。僕はね、大翔君の母親を想《おも》って言っているだけじゃないよ？　これはね、真二君の人生にとっても乗り越えなきゃいけな――》

春原先生の声が途切れる。

通話終了のボタンを押して、スマホを置いた。そのままベッドの上に横たわり、冷房の電源を入れた。猛暑の中慌てて帰ってきたせいで、身体は燃えるように熱い。自身の汗の臭いが嫌になる。生理現象とは裏腹に心は冷え切っていた。

机に置かれたＶＲゴーグルに手を伸ばした。パソコンを起動させ、仮想共有空間に飛び込んでいく。このまま一人でじっとしているのはまずい、と理性が判断していた。呑まれそうになる。巨大な感情の渦に。

「ティンカーベルさん……」

平日の昼間であろうと、彼ならばあの空間にいるはずだ。

思えば彼に最初に導かれたのも同じようなタイミングだった。自身だけでは感情が処理しきれなくなった時、僕はあの空間に導かれたのだ。

・・・

大翔が亡くなって一年半が経った頃、僕は更新が止まっていたSNSの大翔との共同アカウントを削除しようとした。最盛期は二日に一度以上漫才やコントを投稿し、登録者数は三万人を超えていた。当然大翔が亡くなってからは一度も新たな動画は投稿せず、放置していた。少ないながらも最新動画を心待ちにしている人はいて「もう解散したんですか？」「投稿待ってます」というコメントが何通も届いていた。耐え切れなくなった僕はアカウントを削除することにした。

アカウントを消そうとすると、画面にしつこく『本当によろしいですか？』という文言が表示される。ふざけんな、と罵りたくなった。何週間も悩み抜いた決断だった。この間、何も手をつけられなかった。高校は休学し、両親から「通信制に転校するのはどうか」と提案されていたが、生返事しかできなかった。

最後の「はい」のボタンに指が伸びた時、アカウントにダイレクトメッセージが届いていることに気が付いた。

アカウントを消してしまうと、当然メッセージは読めない。少し気になった。

《相方を失い、傷心のアナタへ》
文頭にはそう記されていた。
《アナタとぜひ話してみたい。「ネバーランド」へ招待します》
それが続きで、以下には『ネバーランド』への行き方が記されていた。怪しいメッセージだと思ったたし、詐欺かもしれないと疑った。この手のメッセージは過去に何度かあった。しかし『相方を失い』という文言が気になった。この人は僕、あるいは大翔のことを知っている。
僕は指示された通りにゲームソフトを購入し、パソコンでアクセスした。当時はVR機器を持っていなかったが、なくても起動すること自体はできる。どうせ相手は自分を知っているのだから、名前は本名そのままにした。
初めての仮想共有空間に戸惑いつつ『ネバーランド』へ飛び立った。

・・・

僕がアクセスすると、ティンカーベルさんは初めて会った時と同じように広間にいた。VRゴーグルをつけながら眠っているようだ。ソファで動かないアバターの横に

「昼寝中」という文字が浮いている。平日の昼間だろうと、彼はこの空間にいる。学生やサラリーマンではないのだろう。

そんな疑問を抱いていると、ティンカーベルさんが動き出した。布団で身体を覆ったアバターがもぞりと立ち上がり「真二くん」とこちらに視線を向ける。

「アナタは」まず尋ねたくなった。「どこまで僕の事情を知っているんですか?」

ティンカーベルさんが答えるまで間があった。

「言いたくありません」

「どうして?」

「そっちの方が真二くんのためです。悪いことは言いません」

やはり素性を明かしてはくれないようだった。

二ヶ月間、多くの時間を過ごしているが、ティンカーベルさんは個人情報の類は一切語らなかった。おそらく既知の仲であろう、鐘倉さんとの関係も語らない。「ただVR空間に集うだけ」――この『ネバーランド』の存在理由さえ不明だ。

だが、今の自分は彼の言葉を聞きたかった。しがらみのない彼ならば、客観的な回答を聞かせてくれるはずだ。

「相談したいことがあります」

そう言って、僕は今日あった出来事を伝えた。僕が書いていた手紙は破り捨てられていたこと、大翔の母親は手紙そのものを嫌悪していたこと、それでも春原先生は続けるべきだと諭してきたこと。

語っているうちに、全身から嫌な汗が噴き出してくる。

「教えてください。僕はこれからも謝罪の手紙を書くべきなんでしょうか？」

全て分からなくなった。大翔の母親の言う通り、自己満足なのだろう。彼女は僕の謝罪なんて望んでいない。だが、自身が傷つけた人を放置しろ、と？　できない。春原先生の言う通り、僕は手紙を書き続けるべきか。何年でも何十年でも、読まれる当てのない手紙に時間を費やし続けるのが誠意なのか。

ティンカーベルさんは押し黙っていた。

怒られるのだろうか、と身構える。自分のような立場の人間は、手紙をやめようと考える時点で不誠実なのか。

唇を嚙んで堪えていると、やがて小さな吐息が聞こえてきた。

「ずっと疑問に感じていましたが」

「はい」

「真二くんは本当に反省しているんですか？」

想定外の言葉をぶつけられ、一瞬息が止まった。

顔がかっと熱くなる。

「もちろんですよ。何言っているんですか？　毎晩悔いていますよ」

「本当に？　本当に心の底から自分が悪いと思っているんですか？」

「違うって言うんですか？」

「真面目過ぎると感じています」

分からなかった。一体僕の何が気に食わないというのか。僕がどれだけの時間を手紙に費やしていたのかは知っているはずなのに。

ティンカーベルさんのアバターの縦棒二本の目がじっと僕を捉えている。

「キミは本当に悪いことをしたんですか？」

一際圧のある声がぶつけられる。

もちろんだ、と頷くことは簡単だ。だが、その仮想共有空間でも伝わってくる、彼の強い疑念が僕の口を閉ざした。彼は知っているのだ。僕と大翔の間に何があったのか。きっと最初から、僕の説明を聞くまでもなく。

考えることすらやめていた問いを改めて突き付けられた。

「ボクに正解を求められても答えられません。何が正しいかなんて分かりません」

彼は溜め息交じりに「ただ」と口にした。

「キミが本当に向き合うべき相手は誰なんでしょうかね？」

自分が向き合うべき相手。

目を伏せていた。尋ねられるまでもなく、一人しかいなかった。

・・・

『キミは本当に悪いことをしたんですか？』という問いの答えは明確だ。

悪いことをした。決まっている。どれだけ悔いても悔やみきれない。あの夜の選択を何万回と悔いてきた。誰に諭されようと断言できる。

――大翔を止めなかった。

あの男を正面から叱れるのは、相方の僕だけだったのに。

殴ってでも説き伏せるべきだった。彼を守れるのは自分だけだった。自分の言うことならば、きっと大翔も聞いてくれた。

日暮大翔を死なせてしまったのは、間違いなく僕だった。

高校一年の十月、ＳＮＳに投稿した動画がたまたまバズった。大翔と僕が交代で「高校あるある」を演じるだけ。僕たちとしてはこんな単純でチープなものより、凝った設定のショートコントの方でバズってほしかったが、とにかく動画は五百万再生を叩きだし、登録者数は一気に千人以上増えた。再生数がぐんぐん伸びていく様を見つめながら、その夜は朝方になるまで眠ることができなかった。

再生数の伸びが落ち着いてきた日の夕方、いつもの土手で大翔を待っていると、彼は大型バイクに跨《また》がってきた。「初バズ祝い」と得意げに口にした。

「けどな、俺らの目標はこんなレベルじゃねぇからな。調子に乗んなよ？」

「お前はバイクに乗んな。免許はどうした？」

「先輩から借りた。乗り方も教わったし、無問題」

無免許運転らしかった。その事実に呆れていたが、夕日に照らされた大型バイクの車体の輝きに惹《ひ》かれていた。堂々と跨っている大翔を見て、かなりカッコイイな、と思ってしまった。

「ちょっと走るか」大翔は僕に二つ目のヘルメットを投げ渡してきた。「最初に乗せるのは彼女って決めてたけどな、真二で我慢してやる」

僕は一瞬ヘルメットの重さに狼狽《うろた》えたが、つい頷いていた。

大翔が度々口にしてきた『バカをやる』という言葉にも一理ある気がしたのだ。品行方正でいることだけじゃ笑いは作り出せない。目の前の大翔がその証明だった。「安全運転な」と僕が肩を殴ると、大翔は「任せろ」と倍の力で殴り返してきた。

実際、大翔の運転はうまかった。初めてのタンデム走法というのに、僕は恐怖さえ感じなかった。大翔も法定速度以上のスピードは出さなかったし、初心者（というか無免許）の自覚はあった。二人だけでゆっくり道路を走っていく。たまたま自転車を漕《こ》ぐクラスメイトを追い越し、思わず笑ってしまった。「俺たちはアイツらには到底追いつけない速度で進んで行く！」と大翔は叫んだ。僕は「だっせーよ、チャリ相手に」とツッコミながらも内心で同意していた。

僕たちの過失は認めるが、運も悪かった。

とろとろ走っているワゴン車を追い越し車線から抜かそうとした時、車が突如ウィンカーも出さずに車線変更してきたのだ。ワゴン車に横から体当たりされた僕たちはバランスを崩し、そのまま中央分離帯に乗り上げ、空中に弾《はじ》き飛《と》ばされた。

後に知る。日暮大翔は反対車線からやってきたトラックに轢かれたらしい。ヘルメットなど意味なく即死だったという。

僕は意識を失い、病院に搬送されたが、すぐに意識を取り戻し、警察の取り調べを受けた。

その中で、大翔が亡くなった事実を知った。そしてバイクは盗難車だったと説明された。大翔の先輩は「大翔に貸してなんかない。アイツが勝手に盗んでいった」と証言したという。責任逃れの嘘だろうが、それを否定できる人はいなかった。そして、その盗難に僕が無関係だと証明してくれる者もいなかった。

僕は少年鑑別所に送致された。バイク盗難、無免許運転、連日の夜間外出。非行少年と疑われる理由はいくらでもあった。

鑑別所を出て、大翔の両親に謝罪へ向かった時『人殺し』と罵倒された。

数々の怨嗟の声を浴びせられ、僕は、その通りだ、と認めていた。

大翔の人生に僕が現れなければ、彼がここまでお笑いに傾倒することもなかった。

僕との動画がバズらなければ無免許運転もしなかった。

僕さえいなければ——大翔は今も生きていた。

・・・

その日から僕は自身を「人殺し」と思い、謝罪の手紙を書き始めた。

ティンカーベルさんは、大翔が埋葬された霊園を教えてくれた。なぜ知っているのか、聞いても答えてくれないだろう。ただ感謝し、仮想共有空間から離れる。

すぐに自転車で大翔が眠る霊園を目指した。

大翔の両親から教えてもらうことは諦めた。きっと一生教えてもらえることはない。

春原先生には、もう手紙を書かない旨を伝え、バイトも辞した。叱られた。『キミの反省はそんなものだったのか』と。意志は揺るがなかった。決めたことだ。破られる手紙を書き続けることに価値を見出《みいだ》せない。それこそ自己満足じゃないか。

――何が正解なのかは分からない。

最低だ、と罵る人もいるだろう。それでも決断を下すしかなかった。


日暮家の墓石は小さく、他の墓石に埋もれるような位置にあった。

照明のすぐ隣にあって、危うく見逃しかけた。まだ夕暮れとあって照明は点《つ》いていない。薄暗い霊園に佇む墓石の側面には、小さく『日暮大翔』と刻まれていて、替えられたばかりの菊の花が供えられていた。

「ずっと考えないようにしていたんだ。だってさ、虚《むな》しいじゃんか。お前みたいな凄《すご》い奴が自業自得で死んだなんて。そんなの認めるくらいなら『僕が悪い』って全部背負い込んだ方がマシだった」

その墓石の前で、つい笑みを零す。

ティンカーベルさんに諭され、僕は事件について今一度考え直した。導き出してしまえば納得せざるをえない結論だった。

「でも、やっぱり一番悪いのはお前なんだよな、大翔」

無免許運転を行い、交通事故で亡くなった、バカな親友。

自身に過ちがないとは言わない。結局彼のバイクに乗った。止めるべきだった。けれど彼が誘わなければ、悲劇は起こらなかったのも事実なのだ。

「だから、もう手紙を書くのはやめるよ。大翔の母さんの心を一層傷つけてるって分かったしな。続けらんないよ」

大翔の無免許運転を咎《とが》めなかった過ちは、重く受け止めている。綴った手紙に記した、家族への謝罪に嘘はなかった。だから何ヶ月にもわたって書き続けた。

けれど、もうやめる。

自分には他に、やらねばならない使命がある。

「これからはネタを書くよ、ピン用の」

手帳には、もう謝罪の言葉なんか記さない。大翔と築いてきた全てを無駄にしたくない。教室の隅にいた僕を無理やり文化祭のステージまで引っ張り上げ、燃えるような情熱の中で過ごした日々をなかったことになんてできない。

一人でお笑い芸人になる。二人で見た夢を自分一人で現実にする。

「お前もそれでいいよな？　認めてくれるよな？」

この決断は、大翔の家族を苦しめることになるかもしれない。

しかし、それがどうしたというのだ。自分が一番に向き合うべきは、大翔の家族じゃない。唯一無二の相方、日暮大翔だ。

アイツならこう言うに決まってるのだ。『当たり前だろ、早くネタを書け』と。あるいは冗談めかして『いや許さん』とおちょけるかもしれない。だとしたら『やかましい』と僕はツッコミを入れるだろう。『そもそもお前が元凶だろうが』と不謹慎なネタも付け加える。後はきっとテンポよく続けられる。

『けど、俺、一個後悔していることがあんだよ』

『一個だけかい。山ほどあって然《しか》るべきだぞ』

『辞世の句が…………「うぇっ⁉」だった』

『まぁマヌケだったな。でも実際、人間そんなもんだろ』

『せめてカッコイイ辞世の句を詠みたい。付き合ってくれ。俺、もう一度死ぬから』

『うん、僕の役割は？』

『俺を轢く車やれ』

『嫌すぎるわっ！』


大翔の墓石の前で彼との漫才を妄想していると、辺りが暗くなっていることに気が付いた。思いのほか、時間が経ってしまった。日も落ち始めている。

霊園の照明がともる。

見上げた瞬間、涙が溢れ出し、止められなかった。

彼の墓石のすぐ隣の照明は、ほぼ真下を照らしている。ツヤのある墓石が反射し、輝いている。その光は僕にも優しく降り注ぐ。

僕の決断が正しいとは限らない。けれど、正しい結果にしてみせるのだ。

根拠なんてなくても、大翔ならそう言い切って見せるだろう。

大翔と僕は二人並んで照らされている。
夏の霊園。まるでステージの中央でスポットライトを浴びるように。

カノンちゃんは『ネバーランド』で私ともっとも仲良くなった子だ。

どうしても『ちゃん』付けで呼んでしまう。真二君も彼女には『ちゃん』を付ける。他の四人の妖怪みたいなアバターと違って、美少女アバターの彼女だけはなんだかお姫様扱いしたくなるのだ。キャスケット帽の下から綺麗な銀髪が伸び、フリル付ブラウスが腰のあたりでぎゅっとコルセットで固定されているので、ふくよかな胸が強調されている。本人もお姫様扱いされるのが嬉しいらしく、たまに「カノンちゃんだよー」とよくおどけてみせた。

彼女自身でデザインしたらしい。デザインを元に有料で3Dモデルを作ってくれる人がいるそうだ。彼女は二週間かけてアバターをデザインし、溜めたお小遣いをはたいて美少女となった。

「現実世界のワタシは」恥ずかしそうに語ってくれたこともある。「ふつーに地味な女の子なんだけどね。見られたら、ミズーレさんに幻滅されるかも」

「いや、それをキノコアバターの私に言われても」私がツッコミを入れると、カノンちゃんは、あははと笑ってくれた。

私は大抵、仕事の愚痴とか始めたアプリとか、身の上話ばかりしていたが、カノンちゃんは好きな漫画やアニメの話が多く、自身のことは語らなかった。お互いの本名さえ知らないのだから、私も特に不満は感じない。なにより推しのカップリングについて語るカノンちゃんは特に活《い》き活《い》きしていた。

「二次元の世界だけで生きていきたい」

彼女はよく声高に主張していた。

「観葉植物に転生して、推しカプの同棲《どうせい》生活を眺め続けるのが理想」

つまりはどこにでもいる、普通のオタク女子だった。

私が彼女のことを思い出したのは、目の前に、じっとスマホでアニメを見ているアリサの姿があったから。

――ブル前。

学校が夏休みを迎えたせいもあり、人が増えていた。夜十時を回っても盛況。端っこの花壇に腰を下ろしている私とアリサの前には、女子中学生が三人集まって動画撮影に励んでいる。「#ブル前界隈」とTikTokで検索すると、すぐヒットした。「とっとこハム太郎」のOPに合わせてぐるぐる回るだけ。隣では少年たちが集まって酒盛り。全員が自分のスマホを見つめているので、集まりとも呼べないかもしれない。ブル前を仕切っているリンクさんたち『蒼船会』の姿もあった。サラリーマンを五人くらいの男で囲って怒鳴っていた。ブル前に来た女子高生にしつこくパパ活を持ちかけたらしい。本番まで要求したのだから自業自得。そんな震えるおじさんを撮影する少年少女も周囲に数人。スマホを向けて、にやにやと囁き合っている。

ほとんど普段通りのブル前界隈だった。

私は、いまだに通っていた。居酒屋店員からショップ店員に転職し、オーバードーズを止められたが、それでも週に二度以上はここを訪れる。ほぼ毎日のように通っていた一時期に比べれば、格段にペースは落ちているが、ついつい足を運んでしまう。

家出中の女子高生、アリサと一緒に長い夜を過ごしている。

「アニメは夜の味方だね」スマホを見つめる彼女が呟く。ストローでエナジードリンクを飲む。「安いし、友達も要らないし、学歴も要らないし、ぼーっと見れるし」

「うん、私の知り合いにもアニメ好きの子がいるよ」

カノンちゃんのことを考えながら、アリサのスマホを一緒に見つめる。異世界に転生した女子大生が逆ハーレムを築いていく話らしい。

アリサは神待ち中。結局、付き合っていた男の家から追い出された彼女は、一度実家に戻ったらしいがまた家出を繰り返しているそうだ。今は、無料で家に泊めてくれる男——つまり「神」を待っている。アリサが複数のＳＮＳに投稿した自撮りと「神募集」の書き込みに、いずれ何人かの男がリプライを飛ばしてくるはずだ。

「そろそろ帰ろうかな」夜二十三時を迎えたところで、私は立ち上がった。「明日も仕事だし、早く寝ないと」

「……もう行っちゃうの？」

アリサが寂し気な瞳で私を見つめてくる。まるで捨て猫みたい。

「良かったら、私の部屋に来る？　転職して、もう社員寮は引っ越したんだ」

「迷惑かけるから、それは嫌」

拒絶するように首を横に振るアリサ。見知らぬ男の家に泊まるのは良くて、友人の家には泊まれない。大切な人の負担になりたくない。憐《あわ》れまれたくない——その心情が伝わり、胸が苦しくなった。強がってしまうのだ。過去の私もそうだった。

控え目に「マジで大変なら、警察や児相に相談しなよ？」と伝えておくと「無理。

アイツら信用ならん」と返事が来た。そんなの当たり前じゃん、と冷笑気味に。過去に何かあったようだが、内容は教えてくれない。

あーぁ、と彼女は私に聞かせるように溜め息を吐いた。

「最近、ブル前もつまんないな。ミッキーは『繁忙期』だって言ってパパ活ばっかりだし、ハノは全然来てくれないし」

「ごめんね、転職したせいで忙しくて」

「しかもキナ臭いんだよね。今のブル前界隈」

アリサはスマホを鞄に押し込んだ。

「リンクさんたち、『裏切者が出た』ってピリピリしてるもん」

裏切者——？

私はサラリーマンを追い払っているリンクさんたち一派『蒼船会』を見つめた。構成員は十代後半から二十代半ば。ブル前を取り仕切っている人たち。お腹《なか》を空かした家出少年少女にご飯を奢《おご》ったり、オーバードーズを繰り返す子に「安全で中毒性が少ない」というハーブを売ったりもしている。

『ブル前の王』扱いされている彼らにも色々あるらしかった。

・・・

「オフ会がしたい」とカノンちゃんが言い出したのは、九月に入ったばかりの日のこと。

オフ会——ネット越しではなく直接顔を合わせる会。

仮想共有空間内の私たちの溜まり場『ネバーランド』での会話だった。珍しくメンバー五人全員が広間に集まったところで、突然勢いよく手をあげたカノンちゃんが口にした。それぞれのアバターから「?」のスタンプが空中に飛ぶ。

「VRで会ってんのに、わざわざ?」

ネコ紳士のアバター、鐘倉さんが気だるげに口にした。

「めんどくせぇ。第一、集まって何するんだ? ボードゲームか? いいよ、今から人狼《じんろう》でもやるか。旅行か? それもいいな。ちょっと外国人が集まるワールドに英語留学でもしようぜ」

やり始めて分かったが、このVRゲーム、やろうと思えば割となんでもできる。イベントも頻繁に開催されていて、ボードゲーム、カラオケ、散歩、飲み会、コンサート、映画鑑賞会など多くの人たちが企画している。仕事が終わってから気軽に参加できるので、入り浸る人の気持ちはよく分かる。

「ボクも反対です」布団妖怪のアバター、ティンカーベルが口にした。「そんなことをしなくていいための『ネバーランド』なのに。ここの管理者として寂しいですね」

二人は全く乗り気でないようだった。

真っ向から反発する意見に、カノンちゃんは落ち込んだように「そうですか……」と漏らしている。

さすがに可哀想と思ったのか、ティンカーベルが「でも、どうして突然?」と話を振る。

「もうすぐ誕生日なんですよ、ワタシ」

カノンちゃんのアバターが可愛く、腕を振る。

「だからVR空間で集まるのもいいですけど、たまには特別感のあることをしたいなあって。ダメですか?」

誕生日か、と私は腕を組んで、自身のことを振り返った。

昨年の誕生日は思い出すだけで吐きたくなる。ブル前で酒を飲んで酔っ払ったあげく、男子専門学生にホテルへ連れ込まれたのだ。後のことは記憶にない。翌日その相手はすぐいなくなったし、不愉快過ぎて風邪薬を飲みまくり、さすがに気持ち悪くなってブル前のトイレで嘔吐《おうと》していた。

「誕生日は幸せな方が良いよね」

心からのセリフを告げた。

「分かってくれる？」とカノンちゃんが嬉しそうに顔を向けてきた。

隣でアイスキャンディーのアバター、真二君も「僕も賛成です」と手を挙げる。

「そもそも皆さんがどこに住んでいるのか、不明なので、集まれるかは分からないけれど。もし集まれそうなら会ってみたいです」

これで賛同者三人。最低限オフ会と言えるラインを満たせた。

鐘倉さんは不服そうに「まぁやるなら勝手にやれば？」と口にした。ティンカーベルは苦笑しながら「ボクは行けないけど、楽しんで」と頷いている。

かくして決まった『ネバーランド』初のオフ会。

私、カノンちゃん、真二君の三人は連絡先の交換から始めた。

・・・

私がオフ会に賛同した理由は、大きく二つだ。

一つ目は、単純に寂しかったから。

少年院を出てから人付き合いがうまくいっていなかった。地元が仙台だった私には幼馴染《おさななじみ》がいない。一時通っていた高校には友人もいたが、非行を繰り返していた時期に愛想を尽かされた。なのでブル前に集う連中しか知り合いがいない。私が今でもブル前から離れられないのも、他に知り合いがいないからだ。

しかし、現在親友のミッキーとはケンカ中。リンクさんから買ったというハーブを執拗《しつよう》に勧められ、私が拒否し続けたところ、口論に発展した。

「ここ最近、妙に良い子ぶってんね」嘲笑するようにミッキーは言った。「なに？ショップ店員になったからって、上から目線？　最低賃金のド底辺のくせに偉くなったつもり？　何も変わってねぇから」

私は顔がカッと熱くなり、すぐに言い返した。

言いたいことを我慢して、心の声を殺すのはもうまっぴらだ。

「うるせぇよ。金欲しさに性搾取されてろ、パパ活女。オッサンからもらった加齢臭くさい金を、さっさとコンカフェの虫顔店員に貢いで来い」

ビンタされた。私に手をあげたミッキーは言葉にならない声をあげ、去っていった。隣で見ていたアリサは笑うのを堪え、顔を真っ赤にしていた。

かくしてブル前でも居場所を無くしつつあった私は、人恋しさに駆られている。

二つ目は、『ネバーランド』という存在に興味があったから。

ついつい居心地よく、あの仮想共有空間に入り浸っているが、結局どういう意図の集まりで、なんのための会なのか、いまいち分かっていない。私が誘われた理由も誘い方も謎が多く、一抹の不信感は消えないでいた。

ティンカーベルや鐘倉さんが来ないのは残念だが、他のメンバーと直接会えば、その疑問はいくらか解消されるかもしれない。

真二君とカノンちゃんとＬＩＮＥで連絡を取り合い、私は「あぁ」と呻いた。

予感は当たっていた。

真二君の住所は名古屋市北区、カノンちゃんの住所は名古屋市緑《みどり》区。

メンバー三人は全員、名古屋在住だった。

・・・

九月四日がカノンちゃんの誕生日だという。

集合は十九時。カノンちゃんの希望で夜となった。幸い私たちにとっても都合がい い。夕方に仕事を切り上げた私と、学校の課題を終わらせた真二君は指定された桜《さくら》通《どおり》線の聞き覚えのない駅で合流することにした。

カノンちゃんの誕生日プレゼントにバスソルトを用意した。茶色のブラウスと黒のスキニージーンズという仕事モードの装いで駅の改札口に向かう。緊張していた。喉が渇いてくるのは厳しい残暑だけが理由じゃない。電車から降りた私は、自販機でお茶を買い、そのままトイレに向かい、メイクを再確認して改札を通過した。

「もしかしてミズーレさんですか？」

すぐに品の良さそうな男子高校生に声をかけられた。真面目そう、というのが第一印象。髪は耳を出すように刈《か》り揃《そろ》えられ、線が引かれたようなクッキリとした目鼻立ちをしている。パリッとした白シャツと黒パンツ。シンプルな装いだが、本人の素材がいいと五割増しでオシャレに見える。

「真二君？」と声をかけると、彼は頷いた。

「本名そのまま、木原真二です。よろしくお願いします」

「あぁ、どうも。水井ハノです。でも今更だし、ミズーレでいいよ」

「了解です。実は、ちょっと安心しています」

「なにが？」

「もっと恐い人だと思ってました。話を聞いている限りは」

私は苦笑した。真二君には、私が少年院にいたことも、オーバードーズしていたことも明かしてある。非行少女のイメージが強いのは当然だ。

今の私は転職にあたって髪も染め直し、大人しめの装いだ。ショップの購買層が二十代、三十代なので、あまりヤンキーっぽくない方がいいのだ。

二人で駅から出て、指定された場所へ進み始める。

「真二君も意外だった。普通にイケメンだね」

「さぁ、どうでしょう？　昔の僕はもっと地味でしたよ。髪はボッサボサで野暮ったい眼鏡をかけていて、表情も暗かったですし」

「へー、なに？　高校でイメチェン？」

のお前はさすがに暗すぎる』って」

「親友に言われたんです。『一見陰キャに見えるイケメンが一番好かれる。けど、今のお前はさすがに暗すぎる』って」

「お目が高い親友だね、分かる気がする」

「性格は暗いままなんですけどね」

降り立った駅は南側の方が賑《にぎ》やかな駅で、北側には住宅地が広がっている。名古屋の端にあるので、あまり栄えていない。住宅街を抜けると、すぐに田畑や林なんかが見えてくる。鈴虫の音がうるさく響き渡っていた。まだ日は暮れておらず、厳しい残暑が残るアスファルトの道を真二君と歩き続ける。

一通り、お互いの第一印象を語り終えると、私から話題を振った。

「三人とも名古屋在住だったね」

真二君は「そうですね」と頷いた。彼もまた『ネバーランド』について詳しく知りたかったようだ。SNSに突如メッセージが送られてきたようで、それ以上『ネバーランド』の情報も、ティンカーベルさんの素性も知らないという。

「多分、鐘倉さんやティンカーベルさんも名古屋在住なんでしょうね」

「うん、それは間違いないはず」

「気になりますよね、『ネバーランド』の存在理由。なぜ僕たちが誘われたんでしょうか？」

きっと今回はそれを確かめるための会にもなるはずだ。それこそＶＲ空間でも出来る相談だが、なんとなく躊躇《ためら》われた。あの空間はティンカーベルが導いてくれた場所だ。そんな場で彼を疑う話なんてしたくない。

もっとも、と私は付け足した。

「ティンカーベルにはお世話になってるけどね」

真二君も隣で小さく頷いている。彼もまた同じ体験があるようだ。

彼の陰口を叩きたい訳ではない。心を優しく撫でるような、温かみのある声。こちらを叱責するでもなく、寄り添ってくれるような言葉。彼と出会わなければ、私は今頃オーバードーズで野垂れ死にしている。

だからこそ知りたかった。あの『ネバーランド』の存在理由が。

「そういった意味では」

続くように真二君が頷いた。

「正直今回のオフ会も気になります。なんで集合が駅じゃなく、こんな辺鄙《へんぴ》な――」

そう、カノンちゃんは変わった場所を指定してきた。

『駅の北口から出て、五分ほど西側に進んでください。セブンイレブンの角を左に曲がって、また五分ほど進むと、川と橋が見えてきます。その橋の下でワタシは待っています。暑いので水分補給を忘れずに』

駅ではダメな事情があるのだろうか。けど、それはなに？

言われた通りの道を進み、橋が見えてきた時、隣を歩く真二君が息を呑んだ。私の背中から汗が流れてくる。

思った以上に小さな橋だった。文面から大きな橋が架かっているイメージをしていたが、長さは十メートル程度。橋の下には空間なんてほとんどないし、夏の伸び伸びとした雑草が茂っている。虫やカエルの声が己の存在を主張するように鳴いている。

こんな場所に人がいるのか、と不安になった時、橋の下から誰かが出てきた。

「もしかしてミズーレさんと真二君？」

真二君の肩が揺れ、私も思わず後ずさりしてしまった。

聞こえてきたのは、紛れもなくカノンちゃんの声。

しかし現れたのは怪しい狐面で顔を覆った、ジャージ姿の少女だった。

私たちはしばらく川沿いを歩き続けた。

カノンちゃんの誘導だ。狐の面を被っても、穴が空いているので視界は保たれているらしい。足取りはまっすぐ。彼女は「今日は来てくれて、ありがと」と唖然とする私たちに礼を述べ「歩きながら話そっか。暑いけど大丈夫?」と歩き始めてしまった。

私と真二君は一瞬顔を見合わせた後に、二人揃《そろ》って「誕生日おめでとう」と辛《かろ》うじて言えた。

狐の面をつけたまま「まだまだ暑いよね」と語るカノンちゃんに、真二君は「そうだね」と楽し気に相槌を打っている。スルーする気らしい。

「カノンちゃんはなんでお面をつけているの?」

仕方なく私が尋ねると、彼女から「ごめんね。話しにくい?」と論点のズレた答えが返ってきた。誤魔化されていると感じて「別に」とそれ以上は踏み込まなかった。

「一個、図々《ずうずう》しいお願いだけれど」

途中カノンちゃんがすまなそうに振り返った。

「そこのコンビニでジュースを買ってきてくれないかな? お金は渡すから、みんなの分も人数分買って来てほしい。けっこう長時間待っていたら、喉が渇いちゃって」

差し出された交通系ICカードを受け取ると、真二君と一緒に近くのファミリーマートに向かう。カノンちゃんはコンビニの手前で待つようだ。

入店した瞬間、真二君が「なんで仮面？」と尋ねてきたので「分からん」と返す。コーラ、サイダー、ぶどうジュースを購入する。ICカードを受け取ったものの、私はカノンちゃんの分は奢ってあげることにした。さすがに誕生日の人に払ってもらう訳にはいかない。真二君も自分の分は自分で払っている。

駐車場で待っている彼女の元に戻って、乾杯する。

「こういうの久しぶりだな」カノンちゃんは狐面を少し持ち上げるようにして、ペットボトルのサイダーを飲む。丸い頬が微かに見える。

「確かに」私も答えた。「私の場合、ジュースしかないのが新鮮。周り大抵、お酒ばっかり買うしね。素晴らしいね、健全健全」

真二君は苦笑した。

「ミズーレさんもお酒、飲んでるんですか？」

「まさか。年少出てからは一滴も飲んでないよ？」

「少年院入る前は？」

「ほぼ毎晩」

　私がおどけるように笑うと、真二君とカノンちゃんが同時に噴き出した。『ネバーランド』のメンツでは、いじられ役は私が鉄板。でも彼らのいじり方には貶《おとし》めようとする悪意はなくて、私もつい嬉しくなって立ち回ってしまう。

「笑い事じゃないよ」怒ったように声を張った。「未成年飲酒、ダメ絶対。私の脳細胞をマジで破壊した。ＩＱ、絶対下がった」

「そういえば」真二君がぽつりと口にした。「少年院とかで知能テストをする場合もあるって本当ですか？　ミズーレさん、受けました？」

「受けた受けた、私は１０８。平均より少し上」

「ワタシも。１０２だったかな？」

　カノンちゃんの思いがけない答えに、私と真二君は同時に「え？」と声をあげる。

　狐の面の向こうからくぐもった笑い声が聞こえてくる。

「実はね、ワタシも入ってたんだ。少年院。多分ミズーレさんと入れ違いに」

　女子少年院の数は、男子のそれよりずっと少ない。もし彼女が中部地方の女子少年院に入所していたら、同じ少年院かもしれなかった。

　これまで全く聞かされていなかった新事実。

　話題を変えるように「というかミズーレさん、ＩＱ高いんですね」と失礼な呟きをする真二君に、私は「まぁＩＱが良いからって、勉強ができるわけでも仕事ができるわけでもないしね」と解説する。

体力テストのスコアが良くても、あらゆるスポーツが万能ではないように、ＩＱテストが良くても人生がうまくいく保証にはならない。犯罪を起こさないで生活できる保証もない。低くても豊かな人生を送っている人は山ほどいる。ただの数値。適切な学習指導を考える、判断材料の一つに過ぎない。

そんな雑学を披露していると、カノンちゃんに「そろそろ行こう」と促され、私たちはジュースを片手に先ほどの川沿いの道に戻った。

会話が弾んだことで、私たちは普段通りの雰囲気を取り戻していた。あの『ネバーランド』での日常会話。私がおどけて、真二君がツッコミを入れて、カノンちゃんが苦笑する。「全員名古屋なんだからさ、また集まれるよね」と盛り上がる。次は星が丘でボーリングだの大須《おおす》商店街で食べ歩きだの、まるで高校生みたいな会話。私以外は通信制の高校に在学中らしいので実際高校生なのだけれど、私にとってはとても新鮮な心地だった。

狐面に関しても幾分納得していた。私たちを警戒しているのではないのだ。

――駅ではなく、人の気配がない橋の下での集合。

——少年院に入院していたというカノンちゃん。

さすがに察する。彼女はきっと地元の人には顔を見られたくないのだ。そして、そんな事情を抱えながら、私たちを地元のどこかに誘導している。だとすれば私たちは、仮面など見ぬフリをして道化を演じるだけだった。

真二君も同じ気持ちのようで、普段より口数が多い。「初めて『バンテリンドーム』という名前を聞いた時以来の違和感」「ナナちゃん人形のパンツを覗くおっさんみたいな顔」と妙に奇を衒《てら》った喩《たと》えツッコミをぶつけてくる。

川沿いをひたすら進んでいると、途中、大きなフェンスが正面に現れた。暗いせいで、それが何の施設なのか分からなかった。

「ありがとね、気を遣ってくれているみたいで」

カノンちゃんが口にした。なんだか緊張しているみたいで、胸の前でぐっと手を握っている。

「ごめんね、実は二人を騙《だま》していたの」

一歩先を歩いていた彼女は足を止め、こちらに振り返った。私と真二君は自然と足を止め、彼女の言葉の続きを待った。

「今日はね、本当はワタシの誕生日じゃないの」

「うん」私はあまり驚かなかった。これまでの不審な行動のせいで、何か別の事情があるのだろうとは察していた。

「あれ、見える？」

カノンちゃんが指をさした方向に目を凝らす。

何か建物の門のようで、真っ白な照明に照らされている。門の隣にはテーブルが置かれ、そこに花束が積まれていた。パステルカラーの包装紙は一見可愛かったけれど、包まれているのは白菊ばかりだった。言葉を失う。

「学校？」真二君が呟いた。

ハッとして気が付いた。私の横にあるフェンスは、運動場を囲むそれだった。運動場の奥には、校舎と体育館が見える。私たちは中学校の裏から回り込むようにして、正門まで歩いてきたらしい。

「……中学校」

カノンちゃんが呟いた。呼吸が荒くなっている。喘息《ぜんそく》のような苦しげな息の仕方だ。肩が大きく上下し、堪えるように拳を身体の横で握りしめている。

「ワタシね、三年前のこの日にね」

僅かな声量が漏れてくる。

「自分のね、うん、クラスメイトをね、彫刻刀で――」

私は息を止めていた。

黙って彼女の告白を待っていると、ふいに横から声がかけられた。

「火口三春《ひぐちみはる》？」

咄嗟に横を見ると、私たちが歩いてきた道と交差する道に、三人の少女たちが立っていた。三人ともバラバラの高校の制服を纏い、各々花束を抱えている。全員がカノンちゃんを唖然とした表情で見つめていた。

「もしかして」真ん中のショートカットの少女が一歩前に出た。「火口だよね？　その仮面、なに？　取ってよ、アンタ。よくここに来れて――」

突如、カノンちゃんが走り出した。来た道を逆走し始め、被っていた仮面を地面に叩きつける。なりふり構わずといった様子だ。

「待てやっ！」女子高生の一人が鬼気迫る表情で叫んだ。「お前、なんか言うことはねぇのかよ！」

呆然とする私の腕を、真二君が強く引いた。

「ミズーレさん」

固まっていた私もさすがにハッと状況を理解する。厄介事に巻き込まれたようだ。

激しい剣幕を見せる女子高生たちは、私たちにも敵意の籠った視線を向けている。

カノンちゃんが去っていった方向へ駆け出した。

花束を抱えた女子高生たちは数度罵声を浴びせてきたが、幸い、追いかけてくることはなかった。


カノンちゃんとはすぐに合流できた。疲れ果てたのか、先ほどの川沿いの道で蹲《うずくま》っている。さっきより呼吸が苦しそうだ。私たちは自販機を探し、スポーツドリンクを買ってあげた。

狐面を外したカノンちゃんは、実に素朴な顔立ちをしていた。お世辞にも美少女とは言えないが、ふっくらして優しそう。頰のあたりはニキビで荒れている。呼吸が落ち着くと、ポケットからケースを取り出し、青いフレームの眼鏡をかけた。元々視力が悪いようだが、仮面のせいで眼鏡がかけられなかったらしい。

そして私たちが尋ねるよりも前に話し始めた。

カノンちゃん——つまり火口三春が三年前に起こした事件について。

・・・

中学時代、火口三春はイジメられていた。

パッとしない容姿、授業中は一人でイラストを描いていて、休み時間は同じく明るくない子とアニメや漫画の話をして過ごしている。ターゲットにされやすい条件は揃っていた。火口三春自身が悪いことは一つもないが、どんなグループにも人を傷つけたい奴はいて、その対象に火口三春は選ばれやすかったというだけだ。

イジメの中心は、言峰早織《ことみねさおり》というテニス部の女子。教室の中心にいる存在。

イジメは中学一年の秋から始まった。最初は嘲笑されるくらいで済んでいた。しかし次第にエスカレートし、イラストを描き留めたノートを破られたり、友達から孤立させられたり、だんだんと被害は増えていた。

地獄だったのは中学二年の夏。

夏休みに図書委員会で登校していた火口三春は、女子テニス部の部室に連れ込まれ、夏季休暇の課題を全てやるよう命じられた。当然、終わるはずもない。ペナルティだと言われ、ジュースをかけられた。火口三春は濡《ぬ》れたまま外には出られず、言峰たちからジャージを借り、部室で着替えるしかなかった。その様子を言峰たちは何台ものスマホで撮影した。抵抗しようにも「課題を終わらせなかったアンタが悪いんでしょ」と相手にされず、火口は大勢の前で下着姿になった。

「逆らったら、この動画をネットに流すから」

言峰はそう脅迫し、夏休みの間、火口三春を奴隷のように扱った。両親の金を盗んでくるよう命じ、時には売春紛《まが》いのこともさせた。周囲に相談しようにも動画の件が脳裏を過り、何も言えなかった。仕方なく言峰グループの指示に従い続けた。

憂鬱な日々だったが、夏休みを乗り切り、二学期を迎えた。

最初の二日は気づかなかったが、次第に男子からの視線がおかしいことに気が付いた。こちらを舐め回すような、不愉快な笑みを見せてくる。男子の一人がすまなそうに教えてくれた。「火口さんの着替えの動画、出回ってる」と。

教室で言峰に詰め寄ったところ「別に全世界に公開した訳じゃないし」と悪びれることなく開き直られた。

カッとなった。言峰を突き飛ばすと、周囲の机が倒れ、美術で使う彫刻刀が床に転がった。吸い寄せられるように火口は手に取り、言峰の喉めがけて突き立てた。

後のことは、もう覚えていない。

突き立てた彫刻刀は、言峰早織の頸動脈《けいどうみゃく》を切り裂いたという。救急車で運ばれ、病院に辿り着いた時には手遅れだった。失血死だ。

火口三春は人を殺した。


事件が起きたのは、火口三春が十三歳。後一ヶ月で十四歳になるタイミング。

少年法では刑事責任能力がなく罪には問われない、触法少年。

刑事裁判にはかけられなかったようだが、もちろん即刻社会復帰できるわけではない。少年鑑別所での一ヶ月間の観護措置の後、少年審判が行われた。殺害したという罪の重さは考慮されたが、計画性がなかった点、非行が常習化していない点、イジメの被害者だった点等もまた考慮され、「二年相当の長期収容期間を要する」として少年院送致を言い渡された。

二年間、彼女は少年院で過ごしてきた。

・・・

話を聞き終わると、まず真二君は「うん、事件のことは知っている」と頷いた。私も知っていた。

当時は日本中で話題になっていた。中学校で起きてしまった殺人事件。連日テレビで取り上げられた。注目されたのは、やはりイジメの方だ。コメンテーターがしたり顔で「ＳＮＳを駆使したイジメ」の陰湿さを語っていた。ネットの意見は加害者に同情するのが多数派だったが、「やはり殺人はやりすぎ」「命を奪った以上、極刑が妥当。少年法甘すぎ」という声もいくつか見かけた。

まさか、カノンちゃんがその当事者だったとは考えてもみなかった。

「本当は」カノンちゃんは辛そうに言葉を続けた。「ワタシの家はこの辺じゃないの。今は岐阜《ぎふ》のお祖母《ばあ》ちゃんの家で暮らしている」

電車内ではひたすら顔を伏せ、駅に着いてからは狐の面をつけて行動していたらしい。彼女の顔がどれだけ地元に広まっているのかは本人にも分かっていなかった。

「今日は命日だよ。毎年献花台が設置されてるって聞いて、手を合わせたくて。でも勇気が出なくて二人を誘ったの。騙してごめんなさい」

被害者——そう呼びたくないが、便宜上——の言峰早織の家族は既に九州に引っ越したらしい。娘の悪行が広まり、世間体が悪かったのだろう。民事裁判を起こすこともなく、今では音信不通となっている。

「謝る必要なんてないよ」と私が彼女の背中に触れる。

真二君は不服そうな面持ちで腕を組んでいる。

「ねぇ、もしかしてさっきの三人って――」

「うん、言峰さんの友達。思わず逃げ出しちゃった。本当は、彼女たちにも謝らなきゃいけないと思ったのに」

彼女の声はほとんど涙交じりになっていた。

身体の奥底から強い熱のようなものが込み上げてくる。

「そんな必要ないよっ」

私はカノンちゃんを正面から抱きしめた。やはり直接会ってよかったと思う。VR空間で触れることはできないのだから。

「なんでカノンちゃんがこんな苦しい目に遭わなきゃいけない訳？　おかしいって。いいよ。もうさ、お腹減ったしマックに行こうよ。月見バーガーとか食べようよ」

同意を求めるように真二君に視線を投げかける。

しかし彼は私を諫《いさ》めるような、静かに批難する視線を送っていた。そういえば彼もまたかつて人を傷つけたと言っていた。カノンちゃんの気持ちが分かるのか。

カノンちゃんは、私の腕の中で「違うの」と首を横に振る。

「ワタシだって言峰さんに言いたいことは山ほどある。でもね、だからってワタシの罪が帳消しになるわけでもないから」

「そんなの……」

「もし、夏休みのどこかで誰かにイジメの相談をしていたら、ここまでの事件にはならなかったかもしれない。全部溜め込んで、誰にも打ち明けず、最終的に爆発させてしまったのはワタシの幼さで未熟さで、落ち度だから」

彼女は私の腕を優しく振りほどいた。

「変わらなきゃいけないの、もう二度とこんな過ちをしないために」

私の正面には、強く唇を結んだカノンちゃんの顔があった。

いや「ちゃん」付けで呼ぶなんて烏滸《おこ》がましい。私よりずっと大人だ。

落ち度、だなんて思えない。百点の対応を取れないのが当然なのだ。『こうすればよかったのに』だなんて結果論。全員が全員、イジメの被害をうけて上手く立ち回れるはずがない。悪いのは言峰という女で、次に悪いのはその取り巻きじゃないか。

しかし、カノンは必死に考え抜いたのだろう。二度と悲劇を起こさないために。

「なんて偉そうなこと言っても、逃げ出しちゃったんだけどね」

唇を結んでいる私の前で、カノンは小さく肩を揺すった。

「悔しいな。想像上のワタシは、もうあの人たちに会っても怯《おび》えないはずなのに。三年前と何にも変わってないじゃん」

自嘲するようにカノンは乾いた笑みを零した。

その言葉は、私の心にちくりとした痛みをもたらした。針が奥深くまで刺さっていくように、じわりと痛みが広がっていく。

――『最低賃金のド底辺のくせに。偉くなったつもり？』

――『何も変わってねぇから』

ミッキーに嘲るように告げられた言葉。私は正面から言い返すことはできなかった。自分のことを棚に上げ、相手の悪口を言い放って退散させただけ。

――変わるって難しい。

少年院の仮退院式で涙ながらに更生を決意しながら、あっさりまた非行に手を染めていた私。『ネバーランド』に導かれ、ティンカーベルに諭され、保護司に全てを打ち明け、なんとなくオーバードーズから手を引けたけど、いまだにブル前には通っている。底辺なんて侮蔑的表現は認めたくないが、生活水準も高いとは思えない。もっとお金は欲しいのが本音。数百円の買い物でいちいち値札を確認して悩みたくない。パパ活に手を染める日が絶対ないなんて断言できない。私は私を信じきれない。

——そもそも「更生」とはなんなんだ？

——どうすれば更生できたって言えるんだろう。

言葉では言い表せない、漠然とした不安が、私を飲み込んでいく。

その惑いはカノンも同じなのかもしれない。突然暴れて人を殺《あや》めてしまった少女。どれだけ事情があろうと、理性を投げ出した過去は消えない。彼女が二度と罪を犯さない、なんて誰が断言できるだろうか。

川沿いの道に生温《なまぬる》い風が流れていく。虫やカエルの鳴き声が一層大きくなったけれど、カノンの泣き声をかき消す程ではなかった。ずっと握りしめていたコーラのペットボトルの水滴が、私の靴に落ちる。

「あの」

真二君が手を挙げた。

「僕、今から架空モノマネしますね」

「は？」

「タイトル。『修学旅行の夜、たまに素が出るタイプの当たり担任』」

真二君は咳《せき》ばらいをした後、深呼吸をした。呆気に取られる私とカノンの前に立ち、シャツの襟のあたりを整えている。

表情は真剣そのもの。

突然、愕然《がくぜん》と目を見開いて、誰か偉い人に謝るように頭を下げた。

「はぁ？　はいっ、分かりました。あの、自分の方からもキツく言っときますんで。加藤《かとう》教頭はもう寝てください。説教、長くなりそうなんで。ホント、ウチの生徒がすみません……ガチャ……おい、進藤《しんどう》！　大峰《おおみね》！　お前たち、やってくれたなぁ！」

憤怒《ふんぬ》の表情でドアを開けてから、すぐに閉めるジェスチャー。修学旅行生の寝室に入ったらしい。その後にやっと笑って、口元に手を当てて囁くように言う。

「――昔の先生と一緒だな」

以上で架空モノマネは終了したらしい。真二君は小さく頭を下げた。

「突然どうした？」冷ややかな声をぶつけた。「頭でも打ったか？」

「練習です」真二君は照れくさそうにはにかんだ。

「は？」

「僕、お笑い芸人を目指しているんです。今度またショート動画でも上げようかな、と思って。その練習。リハビリです」

初耳。そして説明をされても尚《なお》意味が分からなかったし、更に言えばそれほど面白いとも思えなかった。指摘したいことが濁流のように溢れてくる。

「笑わせてみたかったんです、カノンちゃんを」

真二君は暗がりでもハッキリと分かるほど顔を赤くしていた。

「なんというか、僕だって変わるのに必死なんですよ。過去にバカな真似をして僕自身、失ったものは多いし、哀しませてしまった人も多い。だから、あんまり悲観的にならないでほしいなって。頑張っている僕まで辛くなるじゃないですか」

面映ゆそうに首の後ろを撫でる真二君。

あの架空モノマネとやらは、渾身《こんしん》の一作らしかった。彼の将来が不安である。

ぷっ、と噴き出すような音が聞こえてきた。

それはカノンから発せられた。そして突如腹を抱えるように屈《かが》むと、声をあげて笑い始める。苦しそうに肩を上下に揺らし、そのまま地面に膝をついた。腹を押さえたまま地面に頭をつけるような勢いで、笑い声をあげている。

ツボに入ったらしい。

真二君が「ウケた。よっしゃ」とガッツポーズをして、私が「いや、酷すぎて笑ったんでしょ」と肩をどつく。

しばらく笑い続けていたカノンは目尻を拭いて、顔をあげた。

「ありがとね、真二君。なんか勇気出た」

頬のあたりがまだ痙攣《けいれん》するように震えている。

納得できないが、彼女が元気づけられたのならよかった。笑いの力は偉大。

カノンは呼吸を整えながら立ち上がり、改めて私たちの方に視線を送った。

「今からまた校門に戻るよ。付いてきてくれないかな？」

真二君とほぼ同時に頷いた。そして、また同時にカノンの背中を優しく叩く。

・・・

戦場に舞い戻るような心持ちで、私たちは唇を真一文字に引き締め、校門の前へ戻っていった。

近づいてみて分かったが、献花台には言峰早織の顔写真が飾られていた。遠足の時の写真のようだ。イルカの泳ぐ巨大な水槽の前で、とびっきりのピースサインを顔の横に作って小顔効果を演出している。艶《つや》やかな黒髪を伸ばした、綺麗な子。さぞモテただろう。イジメをしていたなんて考えられないくらい、明るそうな子だった。

三年経った今でもたくさんの花束が並んでいる。好かれていたようだ。たとえイジメの内容が報道された後でも、彼女に同情する人は多くいるようだ。

献花台の前には、先ほどの女子高生三人がまだいて、やってきたカノンに強い視線を飛ばしている。

「のこのこ来たんだ」

中央の女子が鼻で笑う。

「なに？　お仲間引き連れて。一人じゃ謝りにも来れないわけ？」

カノンはかけられた言葉を無視し、女子たちの横を通り過ぎた。献花台の正面に立って、言峰早織の写真を正面から見る。こめかみのあたりが微かに震えた。額から汗が伝っていく。写真を見ただけで、まるで石のように固まってしまった。

「ワタシは……」

カノンの唇から微かな声が漏れたが、それ以上は続かなかった。苦しそうに口をもごもご動かすが、言葉となって出てこない。

痺《しび》れを切らしたように、女子高生の一人が喚いた。

「なんか言えよ」

彼女はカノンの肩を横から摑んだ。

「謝ることもできないのかよ！　人を殺しといてっ！」

カノンを揺さぶろうとする相手に、私の頭の中で何かが切れた。カノンを取り囲もうとする三人の前に立ち、額を突き合わせるように睨《にら》みつける。

「うっせぇ。今、この子が喋ろうとしてんだろ」

相手も負けじと睨みつけてくるが、所詮は良いとこ育ちのお嬢さんといった感じ。ミッキーに比べれば、ちっとも怖くない。強く声を張った。

「なに、アンタら？『謝れ』『謝れ』ってなんだよ。アンタらはこの子に謝ったのかよ？　なに、被害者みてぇな顔で立ってんの？」

三人のうち中央の女子が怯《ひる》むように息を呑む。右のくせ毛の女が視線を逸らし、左の女子が絞り出すように声をあげた。

「アンタ、誰だよ。関係ねぇだろ」

「関係？　ある訳ないじゃん。私はこの子をイジメてないもん。言峰ってやつの友人にもなってない。アンタらはあるんでしょ？　どうせ言峰のそばで、イジメを囃《はや》し立《た》てていたんでしょ？　事件が起こった、その日も！」

後半は憶測だったが、相手は何も言い返してこなかった。図星だったようだ。この子たちもイジメに関与していた。エスカレートしていく言峰早織を諫めず、ただ追従していた。カノンが耐え切れなくなり、言峰早織が刺されるその日も。

相手はすっかり萎縮したように口を閉じ、目を泳がせた。

その態度に一層腹が立ってきて、もっと強い言葉を浴びせてやろうか、と思ったところで、私の腕を誰かが摑んだ。

カノンだった。緊張が抜けたように白い歯を見せている。

「ありがと、ミズーレさん、もう大丈夫」

頷き、私は一歩下がることにした。牽制《けんせい》するようにもう一度、女子高生三人を睨みつけるが、それ以上のことはやめた。出しゃばりすぎたかもしれない。

カノンはもう一度言峰早織の写真を見て、息を吸い込んだ。

「言峰さん、久しぶり」

ハッキリと言葉が響いた。

当然、返事は戻ってこない。写真の言峰早織はピースサインの笑顔のまま。それでも構わずカノンは語り続けた。

「ワタシはね、アナタを許してなんかない。アナタの行為は人として最低で、恥ずべきものだったと思う。でもね、だからといって殺していいはずがなかった。命を奪ってはいけなかった。それは間違いなくワタシの過ちだった」

そのまま深く頭を下げる。

「ごめんなさい。ごめんね、本当に、ごめんなさい……」

後半の声は震えていた。しばらくカノンは頭を上げなかった。十秒のようにも、五分のようにも思えた。嗚咽《おえつ》の声が増すにつれ、身体が大きく揺れる。

その背後に立っていた女子高生たちも顔を俯かせている。一人が涙ぐんでいるのを見て、白けた心地になったが、私が水を差す問題ではなかった。言峰早織は彼女たちにとっては大切な友人だったのだ。他人の着替え動画を回すような最低な奴でも。

カノンは一度頭を上げた後に振り返った。

「アナタたちにも」

同じように深く頭を下げる。

「友人である言峰さんを奪ってしまい、申し訳ありませんでした」

頭を下げられた三人は気まずそうに、カノンの後頭部を見つめていた。何か言葉を発するだろうかと期待したが、ただ重たい空気の沈黙が続くだけだった。

もういいだろう、と思って私はカノンの手を握った。

「行こう、立派だったよ」と声をかけると、真二君もまた「お疲れ様」とカノンの背中を叩いた。献花台から離れ、来た道の方へ誘導する。

カノンを傷つけた三人は結局、最後までカノンに言葉をかけなかった。

・・・

子どものように泣き出してしまったカノンを慰めつつ私たちは駅に向かった。緊張の糸が緩んでしまったようだ。鼻水を垂らして泣き続けている。それでも一緒に歩き続けていると、やがて安堵するような笑みを零すようになった。

暑さが少しずつ引いてきて、妙に心地よかったことを覚えている。

「お腹すいた」と私はぼやいて「この辺にマックないの？　モスでも可」と提案し、真二君に「もう夜遅いんで帰りましょう」と窘められる。「僕たち、ミズーレさんと違って良い子なんで」というのが彼の弁。生意気な口を叩く奴だ、と憤慨していたら、カノンにくすくすと笑われる。

「改めて言うけど」とカノンが口にした。「真二君のモノマネ、超面白かった」と無邪気に笑ったので、私は「どこが？」と強く反発する。真二君は「ありがとうございます」と素直にお礼を言った。本当に嬉しいようで「うわ、めっちゃテンションあがります」とデレっと頰を緩めている。私が「もうちょっと捻《ひね》った設定の方が好み」とぼやくと、真二君に「ショート動画はあれくらいがバズりやすいんですよ」と説明。

カノンが「顔が良いってだけで推せる」とズレたコメント。

とにかく私たちは語りまくった。一秒の沈黙さえ惜しむように言葉をぶつけ合う。興奮していた。歩幅が大きくなって、大した意味もなくカノンの手を握ったり、真二君の背中を叩いたりした。

こんなにはしゃぎたくなる夜はいつぶりだろう、と考えた。

駅が見え始めた頃、話題は先ほどの私の剣幕のことに切り替わった。

「しかしミズーレさん、さっき恐すぎましたね。相手の女子たち、かなりビビッていたじゃないですか」

真二君が笑い、カノンが強く頷く。

「そうだね、ミズーレの姉御って感じだった。さすが、年少上がりは鍛え方が違う」

「いや、在院日数はアンタの方が長いでしょ」

私は先ほどの言峰の友人だという女子高生たちを思い出した。それなりに品がある高校の制服。少し凄んだだけのつもりだったが、かなり怖がらせてしまったようだ。

「……ブル前にいるからかな」

ブル前に集まる大半は、犯罪とは無縁な若者だが、中にはガラの悪い人間だっている。恐い目に遭うこともあるし、警察に目を付けられることもある。そこで毅然《きぜん》とした態度を取らなければ、トラブルを引き込みかねない。

　私がつい呟くと、カノンが「え？　ブル前？」と目を剥《む》いた。

「ワタシもたまに行ってたよ。あんまり馴染《なじ》めなかったけど」

「ホント？」

「うん、友達が欲しくて。時々ね。でも過去のことがあったし、人に見られるのが怖くて、ずっとスマホゲーしてたかな」

　気が付かなかった。だがそれも仕方がない。ブル前は若者がいくつかのグループになって、だらだら過ごしている環境だ。参加者全員が顔見知りになるという訳ではない。カノンみたいな地味な子もたくさんいるし、いちいち覚えない。

　思わぬ共通点に唖然とする。

「僕も、行ったことがあります」

　すると、隣の真二君も神妙な顔で手を挙げていた。

「正確には、僕の親友が頻繁に通っていたんです。一回だけ付き添って顔を出したくらいですけど」

　突如見つけた共通点に寒気を感じた。

『ネバーランド』の参加者の共通点は、名古屋在住だけではなかった。かつて罪を犯していること、そして、ブル前に行ったことがあること。

やっぱり意図的に集められているのだ、と確信した。

――でもなんのために？

真二君やカノンも同じ心情らしい。ティンカーベルは一体何を企《たくら》んでいるのか。当然気になるだろう。

結局夜も遅いので、その日は解散する運びとなった。

私たちは翌日、ティンカーベルに問うことに決めた。

・・・

オフ会の翌日、夜八時に私たちは『ネバーランド』を訪れた。

三人ほぼ同時にＶＲ空間に到達する。暖炉の薪がパチパチと音を立てている、いつもの穏やかな洋館。ソファにはもはや見慣れた、布団の妖怪が鎮座していた。

鐘倉さんの姿はなかった。

ティンカーベルはこちらに視線を向け「皆さん。お揃いで。昨日のオフ会はどうでした？」と笑いかけてくる。

私が代表して全てを説明した。

オフ会は恙《つつが》なく終了したこと。カノンの過去の過ちを聞き、かつて彼女が過ごした中学校を訪れたこと。そして、自分たちは各々かつて罪を犯し、またブル前に関与していたという共通点が判明したこと。

それらを全て説明した後に、ティンカーベルに尋ねた。

「この『ネバーランド』の目的ってなんなんですか？　そろそろ教えてくださいよ」

「お断りします」

即答。有無を言わさない態度だった。

背後にいるカノンと真二君のアバターが不満げに揺れる。

「いずれ明かす時も来るかもしれませんが、少なくとも今じゃない。知らなくていいことまで知る必要はありません」

ティンカーベルの口調は淡々としていた。私が『ネバーランド』に訪れてから、ずっと変わらない。彼は必要以上に語ろうとしない。

微かな失望が胸中に生まれた。真二君が何か言いたげに声を漏らしたが、ハッキリとした言葉にはなっていなかった。

ティンカーベルから小さな笑い声が聞こえてくる。

「でも、そろそろ一部は明かす頃合いでしょうね」

「え？」

彼は立ち上がると、ふわりとその場で大きくジャンプをしてみせた。巨大な布団は軽々と浮き上がり、私たちの前に着地する。

視界いっぱいに彼の得意げな表情が映し出された。布団に包まれた黒い球体にニコッとした記号的な笑みが映し出される。

「よくVR世界界隈では、どこまで現実を再現するのかが議論になりますね」

相変わらず聞き取りやすい声音だった。まるで授業をする教師のように、ゆっくりと語り掛けられる。

「現実世界をそっくりそのままVRに持ち込むのか、あるいは仮想は仮想のまま、現実とは異なっていた方がよいのか」

ニュースで見た記憶がある。

現在は世界中でメタバースの開発が行われている。その中にはオフィスや観光地、美術館や博物館など現実世界にあるものを、そのままVR空間にコピーする取り組みもあるらしい。家にいながら、私たちは仕事や旅行ができるという訳だ。

しかし、それとは別に、ファンタジックな世界の創造に熱量を注ぐ者もいる。宇宙空間や海底都市、アニメみたいな美少女やイケメンアバター。リアルの再現ではなく、まったく異なる仮想世界を作ってしまおうという取り組みだ。

「ボクは断然後者です。違う世界なんですから。現実世界とは全く切り離されていた方が良い。かつての過ちも、背負った痛みも、上手くいかない窮状も」

真っ先に連想したのは、まずカノンのこと。

——人の目に怯え、狐の面をつけていた少女。

彼女にしてみれば、VRという匿名空間こそが他人と気兼ねなく会話できる場所なのだろう。顔写真は事件後ネットに流出しているという。事実ブル前では友人を作れなかったという。

「そうすれば、きっと自分自身を見つめ直せる」

ティンカーベルは小さく身体を揺らした。

「『ネバーランド』は——訪れた人が変わるための空間ですよ」

彼の言葉は、私の心の内にある、ひどく柔らかな部分に優しく触れた。

そういうことなのか、と納得する。

私自身ここにきた時は疚《やま》しさを抱えていた。非行を繰り返していた。だから匿名でありながらリアルに近い触れ合いができる仮想共有空間で、素直な気持ちでいられた。ティンカーベルの言葉を受け止めることができた。

「それだけ聞くと」真二君が呟いた。「なんだか現実逃避みたいですね」

「いいえ違います、こちらの世界だって現実なんです」

良い指摘だ、と言わんばかりにティンカーベルが頷く。

「生身のボクたちが暮らす世界も、仮想共有空間で過ごす世界も、両方等しく現実で、真実なんです。二つの現実を持つから見えてくる視点がある。ロールプレイングみたいなものです。違う自分になることで別の自分を客観視できる」

ロールプレイングは少年院でもやらされた。場面や設定を決めて、各々、架空の役割を演じる訓練だ。例えば、教師や生徒、かつての非行仲間との会話、親と自分など。対人能力の向上や、自身のあり方を見つめ直すために行われる。

現実とは違う自分になるから、見えてくるものがある。

「キミたちは二度と過ちを犯してはいけない。そうではありませんか？」

——かつて罪を犯した者が更生するためのサークル？

もしかして、それが『ネバーランド』の正体なのだろうか。

全てを納得するわけにはいかない。まだ私たちに明かしていない秘密があるはずだ。

私が知ったのは、ティンカーベルが口にした真実の一部なのだろう。

けど、その一部を明かしてくれただけで幾分心が晴れた。ティンカーベルは、私を救うためにここへ導いたのだ。それを知れただけで十分だ。

「ティンカーベルさん」

カノンが口にした。

「ワタシも変われるんでしょうか？」

その声には切実な感情が帯びていた。普段の甘えるような声音じゃない。中学校の献花台の前で見せた、一言一言に魂が籠った強い声。

「かつて人を、殺してしまったワタシも、変わっていいんでしょうか？」

「ボクは答えを持っていません。一緒に考えていきましょう」

ティンカーベルは問いを一蹴する。彼は私たちに具体的な答えを示さない。自己の体験を述べるか、あるいは質問するだけ。

布団の塊のようなアバターがこちらに寄ってきて、カノンに触れる。

「でも、ほら、これくらいならすぐには」

次の瞬間、カノンのアバターが変わった。

突然カノンの美少女アバターが輝きだしたと思ったら、背中から白い翼が生えた。

天使のような真っ白で、力強い羽。

カノンもまた「……確かに変わりましたね」と呟いている。

イタズラの成功に満足するように、ティンカーベルが笑った。

「こうやって可愛く健やかに過ごすキミだって、もう一つの確かな現実です」

その様子を見ていると、なぜか目頭が熱くなった。

──火口三春は冴《さ》えない女の子だった。

酷《ひど》い評価だけれど、パッと見た時、そんな感想を抱いたのは事実だ。野暮ったい眼鏡をかけてて、ぼさぼさの髪、おしゃべりだって上手じゃない。そして殺人という重い罪を負っている。法律上は罪に問えなくても、殺人は殺人だ。ネットには彼女の顔写真も名前も出回っている。過酷な人生を歩むことには変わりない。

けれど、このＶＲ空間では、彼女は真っ白な翼を生やして、お絵描きが好きで、ちょっと天然なキャスケット帽美少女「カノンちゃん」なのだ。

それでいいじゃないかと思う。

それだって紛れもない、真実なのだから。

変わるために。ここから羽ばたいていくために、別の現実を手に入れることを、誰が責められるというのだろう。

「素敵だよ、カノン」

心からの賛辞を送った。

「ミズーレの姉御、ありがと」とカノンがおどけたように羽を動かした。

4章

自分の人生について振り返る時「箱」を想起する。

直方体。四角で覆われている、俺の人生。俺と兄貴が生まれ育ったボロアパート、授業中でも紙飛行機が飛び交っていた小学校の教室、自立支援施設の寝室、少年院の独居房、そして今暮らしている池下《いけした》の家賃四万二千円の安部屋。壁と床と天井で作られた、俺を閉じ込める小さな箱。そんな箱から箱に移動するのが俺の人生だった。

稀《まれ》に「型に囚《とら》われた人生を送りたくない」と叫ぶ若者がいる。そして大抵の人間は冷笑を浴びせていく。「まずは型を学べ」とか「その発想が既に型通り」とか。俺はどっちの言い分も分かる。

たぶん、型に囚われたくない若者は自由奔放に生きたい訳じゃない。ただ、この箱から出たいだけなんだ。

曲線は贅沢《ぜいたく》だ。家を建てる敷地《しきち》、段ボール、水稲栽培の田んぼ、大抵はどれも四角。四角は無駄が少なく効率が良いから。安い家具は四角。丸いものは無駄で余裕の象徴。

だから俺たちみたいな余裕がない人間は、四角に囲まれる。箱に囚われる。

ミカもそうだった。俺と同じで、箱から箱へと移動する人生。

言葉なんて交わさずとも理解していた。だから彼女に惚《ほ》れ、その初恋をいまだに引きずっている。

・・・

「鐘倉くん」ティンカーベルが口にした。「ちょっとバレちゃいました」

VR空間『ネバーランド』での会話だ。その日は早朝帰宅だったので昼過ぎぐらいまで熟睡し、そろそろ顔を出すか、とVRゴーグルを起動させた。平日の昼間にいるのは、ティンカーベルだけ。彼はいつものように洋館のソファに腰を下ろして、書き物をしている。アバターが布団の妖怪に見えるのもいつも通り。

そして会うなりに告げられた。ミズーレたちが開いたオフ会で、彼らが『ネバーランド』の秘密に気づいてしまったこと。

「まぁ、隠し通せるものでもないしな」

欠伸《あくび》をしながら、のんびりと答える。

「いいんじゃねぇの？　俺の正体は話してないんだろう？」

「もちろん。あの子たちがトラブルに巻き込まれないように」

ティンカーベルは喋りながらもキーボードを絶えず打ち続けている。カタ、カタとやけにゆっくりな速度で、小さな音が彼のマイクを通して流れてくる。画面はブラインド機能を使っているせいで、俺には見えない。

ミズーレたちは知らないだろうが、彼はずっと前から文字入力を続けていた。

「ティンカーベルはいつも何を書いているんだ？」

「秘密です」

「そう答えると思った。けど、アイツらにも俺らの秘密、少し喋ったんだろ？　なら俺にも少し明かしてくれないと不公平だ」

適当に吐いた要求だったが、彼は「ん、それもそうですね」と真面目に受け止めてくれた。てっきり、はぐらかされると思っていた。

「引き継ぎ書です」

「は？」

「もしボクに何かが起こった時、鐘倉くんがここを問題なく運営してくれるよう、注意事項や頼れる関係者の連絡先などを残していました」

思わぬ言葉をぶつけられ、思考がフリーズしてしまった。『ネバーランド』はまだ発足したばかりだ。なぜそんな話が出てくるのか。

「やめてくれよ、縁起でもない」俺は笑いながら聞き流した。「俺はアンタみたいな真似ができる柄じゃない。そんな恐ろしいこと考えなくていい」

「念のためですよ、念のため」

「そうは言ってもな」

「年上からのアドバイスです。世の中、何が起こるか本当に分からないものですよ」

ティンカーベルも苦笑しながらキーボードを打ち続けた。その様子から、今現在危機に直面しているわけではないのだ、と安堵した。ただ想定外の事態を本気で心配し、できるだけ早急に準備だけしようとしているらしい。

思い返せば、ここ二ヶ月はずっと文字を打ち続けている気がする。一体どれほどの量の引き継ぎ書になるのやら。俺の元に届いた時のことを想像し、少しゾッとした。

とにかく誠実な男なのだ、ティンカーベルというのは。

飄々《ひょうひょう》としてミステリアスな部分も多いが、その根っこの強さだけは伝わってくる。だから突っぱねられない。彼の多くを知らないままに、既に四ヶ月以上の時間を過ごしている。

「ボクのことよりも」途中、ティンカーベルが手を止めた。「鐘倉くんの方は大丈夫なんですか？　危なそうな空気はありますが」

「あ？　どこから聞いたよ？」

「ミズーレさんが雑談として語っていましたよ。『蒼船会』で裏切者探しが行われているとか」

「アンタが心配する話じゃねーよ。大丈夫、俺もうまくやってっから」

手を大きく振って問題ないとアピール。

だが、ティンカーベルは露骨に不安がるように低く唸った。自身の秘密は一切明かさないのに、他人のことになると、疑い深く探りを入れてくる。

「わかった。新メンバーを増やすのは、しばらくやめておくよ」

仕方なく伝えると、ティンカーベルは「そうしましょうかね」と穏やかに微笑んだ。その上でじっと見つめてくる。

「何か問題があれば、なんでも相談してくださいね。鐘倉くんは少々無鉄砲な部分がある。それもキミの美徳なんですが」

褒められたのか、貶《けな》されたのか、分からない。両手の掌《てのひら》を上に向ける。このＶＲゲームでは両手がもっとも自由の利く部位だ。ボディランゲージが基本。

「……アンタが俺の何を知っているんだよ」

「何にも。ただ感謝しているんです、アナタには」

ティンカーベルはまっすぐ俺を見つめてきた。俺の視界には、布団妖怪がこちらに顔を向けているのが見えるだけだが、きっと現実世界の彼は優しい瞳を向けているんだろうな、とふと思った。


VRゴーグルを外すと、既に午後三時になっていることに気が付いた。時間の経過を忘れてしまうのもVRの特徴だ。『ネバーランド』内には時計もあるし、オプションを開けば時刻も表示されるが、ついつい入り浸ってしまう。

『蒼船会』のミーティングの時間が始まろうとしている。

ブル前を取り仕切っている、不定期参加含めれば三十人ほどのグループ。十代後半から二十代半ばのメンバーで、主に五名の幹部が運営している。

リーダーは『リンク』と名乗っている、二十三歳の男。

そして俺は『リンク』の弟だった。

・・・

『ブル前』に集まるのは、ガキばかりだ。家に居場所がないガキ、家出して帰れなくなっているガキ、SNSで見てちょっと悪に憧れたガキ、クラスメイトに「俺、ブル前に通ってるぜ」と自慢したいガキ、ガキガキガキ。

ヤクザや半グレだって、金のないガキを相手になんかしない。ブル前に集まるのは、何か問題があれば警察や親に泣きつく、根性のない子どもばかり。構うのは社会問題として誇張して取り上げたい週刊誌や、未成年の少女を抱きたいオッサンだけ。

それに兄貴は目を付けた。ヤクザや警察と敵対する智慧《ちえ》はなくても、ガキを集めて小金を稼ぐことは俺たちでも出来そうだった。家出したガキに飯を奢ってやったり、部屋に泊めてあげたり、しつこいパパ活交渉してくるオッサンを追い払えば、ガキたちからの尊敬はすぐに集められた。『ブル前の王』なんてクソダサい称号を与える者もいる。

兄貴は『蒼船会』という名のチームを作った。

表向きの活動は、ブル前の子どもたちの保護。悩みを聞いてあげ、栄養食品を与え、オーバードーズの危険性を訴える。「大人たちが助けてあげられない子どもの声を、俺が拾ってあげるんすよ」と兄貴はある記者に答えていた。バカなインタビュアーは兄貴の戯言《たわごと》を『行き場のない子どもを守る、若き活動家』としてそのままネットに配信した。精悍《せいかん》な眼差しでカメラを見つめる黒マスクの兄貴は、見た目の良さのおかげもあって、更に多くのガキをブル前に呼び寄せた。

俺には悪い冗談としか思えなかった。裏で『蒼船会』が何をやっているかなんて、ブル前にいる奴なら大体知っているのに。

・・・

『蒼船会』は栄五丁目にマンションを借りていた。ラブホテル、キャバクラとフィリピンパブだらけの通りにある集合住宅。出入り口には吐しゃ物やゴミが散乱しており、毎回鼻を塞いで入らねばならない。

部屋には既に幹部たちが集まり、黒い革張りのソファに腰を下ろしている。革張りといっても合成皮革の安物。リサイクルショップで四万円に値切って購入した。

箱だな、とこの部屋に入る度に思う。電子タバコの臭いが染みついた、八畳の直方体。俺のアパートから『蒼船会』の本拠地へ。箱から箱へ移動して生きている。

「ショウ、遅いぞ」

中央のソファに腰かけた男が、俺の名前を呼ぶ。手にはゼリー飲料が握られている。

初対面の人間は必ず感じる。「優しそうな好青年」だと。髪はツーブロックに刈り上げられ、髭もなく肌荒れもなく、清潔感のあるモデルのような顔をしている。パッチリとした二重の瞳は、整形の跡が全く残っていない。無地の白Tシャツとジーンズ姿で、ゼリー飲料を美味そうに啜《すす》って微笑んでいる。

金本耀《かねもとかい》。『リンク』と名乗る、俺の兄だった。

「また寝坊か？　ここ最近、多いな」

「起きると、しばらく動けないんだ。年なのかな」

「今年二十一だろ？　お前が年なら、オレたちはもうオッサンだよ」

耀の軽口に、俺以外の幹部三人が軽く笑った。全員が男で、耀と違い、無理に自分を悪そうに見せるようなファッション。刺青シールが貼られた腕を見せびらかしているのが痛々しい。

「じゃ、報告」耀が手を振る。

他の幹部たちがここ一週間で起きた出来事を報告していく。販売する脱法ハーブが減ってきたから大阪まで買い出しに行きたい件、ブル前のＪＫとパパ活した中年男が大企業勤めだと発覚して金を得られそうな件、先月自殺してしまった男子高校生の父親が訪れ、彼にクスリの使い方を教えたメンバーと摑み合いになった件。表立っては言えない、犯罪がまるで自慢話のように笑い交じりで語られる。

最後に視線が俺に集まった。小さく息を吸い込む。

「裏切者の件。進展があったよ」

メンバーの口から、おぉ、と声が漏れる。

摑みは良い感じ。俺は構わずに続けた。

「例の『ネバーランド』っつうグループに誘われた女の子がいた。ＳＮＳのＤＭに突如招待状が来たんだとさ、『アナタを知っている』ってメッセージ付きで。恐くなったその子はついつい返信しちまったらしい」

盛り上げるようにたっぷりと間を持った。

「結論を言うと『ネバーランド』は、ＶＲコミュニケーションゲームの空間名だ」

「ＶＲ？」燿が訝し気に眉を顰める。

「そ、仮想共有空間で寛ぐためのスペース。その子はＶＲ機器をもっていなかったが、パソコンでも遊べる。興味本位で行ってみたそうだ。『ネバーランド』という部屋には、一人の男がいた。話しかけたが、天気とかニュースとかのくだらない話をするだけ。ただの雑談好きの男らしい。その子は退屈ですぐゲームを終えた」

長々と語り終え、俺は自身の膝を叩いた。

「結論、『ネバーランド』は『蒼船会』に仇《あだ》なすチームじゃない。ブル前からVR空間に誘導する、ただの人に飢えた男。ガールズバーに通う金もねぇ貧乏人だろ」

俺の冗談に、他のメンバーたちもケラケラと笑う。

もちろん作り話だ。

『蒼船会』のメンバーから幹部に報告が上がってきたのだ。ブル前に集う若者を『ネバーランド』というグループに誘う人間がいる、と。彼は『蒼船会』が売りさばくハーブを招待状とすり替え、メンバーを集めている。裏切者だ、と。

『蒼船会』のリーダーである櫂は、俺に調査を命じた。兄貴が信頼できる人間なんて俺しかいない。俺は快く引き受け、適当な情報を流している。

拍子抜けしたと言わんばかりに電子タバコをご機嫌にふかしている幹部たち。だが櫂だけは冷静に「その女とは今も連絡とれるか？」「お前はそのゲームをやったのか？」と追及してくる。俺は肩を竦めた。「もう連絡はつかないし、俺がそのゲームをやった時には、もう空間ごと消去されていた」

ティンカーベルとの打ち合わせ通りだ。櫂がどれだけ時間をかけようと、仮想空間にしかない集団を潰すなど敵《かな》わぬ話だ。

「どうする、兄貴？」

煽《あお》るように尋ねる。語尾を軽くあげた。

ちなみに櫂という本名は呼んではならないルール。ネットで「金本櫂」と検索にかければ、過去の悪行がヒットするからだ。

「調査を続けてもいいけど、身内で疑い合うのもバカバカしくねーか？　どうせネットに引き籠ってばかりのザコだ。相手にする価値もねぇ」

これで裏切者探しが打ち切られるなら、自分も楽だ。嘘を重ねる必要もない。

櫂は首を横に振った。

「いいや、オレたちの領分を侵す奴は誰だろうと許さない」

「……了解。正直見つかるとは思えねぇけど。俺、パソコン苦手だし」

「そこはショウが頑張れよ」

爽やかな笑みで立ち上がり「頼んだぜ」と俺の肩を叩いてくる。

今すぐにアルコール消毒液を肩にぶっかけたい衝動に苛まれたが、俺は一ミリたりとも表に出さなかった。

そのままミーティングは終わった。燿と他の幹部たちはブル前に行くらしい。今日はドンキで大量のおにぎりを買って、ブル前のガキに振舞ってやるそうだ。二千円程度の出費だが、それでカモになるガキの警戒心を奪えるなら安い買い物。

俺も行くか、と立ち上がった時、燿に「ショウ、言い忘れていた」と声をかけられる。首に腕を回され、耳元で囁かれる。

「隣室に女が二人いる。一人は付き添いだ。商品は一人、茶髪の方。逃げ出さねぇように見張っとけ」

「またかよ」と苦笑いの演技をした。

燿は「頼られたんだから、仕方がない」と肩を竦めた。

「推しに『今月は頑張りたいんだ』って手を握られたらしい。なぁ？　オレはいまだにホストやコンカフェ店員の『頑張る』って言葉が理解できねぇんだが」

それだけは心の底から同意できた。

結局自分は留守番という流れになり、ソファに寝転がった。

売春斡旋は『蒼船会』の財源の一つだ。世の中には大金を積んでも未成年を買いたい男が山ほどいる。ネットで会おうとすれば、必ず証拠が残る。未成年に警察に駆け込まれ、履歴を見せられたら終わり。だからブル前でナンパする。けど、そんなロリコンに限ってコミュニケーション下手だ。普通のJKに上から目線で『いくら？』と話を振る。いくらブル前といっても、小汚い男にパパ活を持ちかけられて喜ぶのは極少数。『蒼船会』はそんなロリコンを追い払い、カモにする。『どうしてもって言うなら俺たちが紹介してやるから』と裏で話をもちかける。

商品となる少女はいくらでもいた。脱法ハーブに嵌った者、あるいは推しに貢ぐことだけが生きがいの者。彼女たちの方から櫂の下を訪れ『リンクさん、良い稼ぎ方知りませんか？』と頼み込んでくる。

「生きづらい世の中だ」と電子タバコをふかして、一人、留守番をした。スマホでYouTubeを眺めていると、隣室から一人の女性が顔を出した。

地雷系ファッションに身を包んだ女性。メイクで涙袋を作っているが、目元の勝気な印象を誤魔化しきれていない。黒髪。つまり商品ではない。

彼女は俺に気が付くと、小さく一礼する。

そこでようやく気が付いた。見覚えがあった。

「アンタさ、水井ハノの友人だろ？」

「は？　ハノのこと知ってんの？」

警戒するように凄んだ視線をぶつけられる。仲間からは「ミッキー」と呼ばれていたと思い出した。

俺は「さぁ、知らねぇ」と適当に手を振った。

ミッキーは不審そうに首を振って、ブランド物のカバンを摑んで去っていく。

あまり知られていないが『蒼船会』に商品を紹介した人物は、謝礼として一万円が支払われる。ミッキーとやらは一万欲しさに友人を売ったようだ。

もし、とつまらぬことを想像する。

ミズーレが――水井ハノが『ネバーランド』に来なかったら、彼女もまた商品になっていたのだろうか。このタバコの臭いが充満する部屋で、自分を買う男が来るのを待っていたのだろうか。

自身の妄想で不愉快になり、むかむかした心地が込み上げる。

気分転換がてら、俺は隣室に向かった。

ベッドの上には、一人の女性が腰を下ろしていた。十代後半だろう。茶髪と説明されていたが、実際は栗色《くりいろ》。綺麗な髪質なのに、染めているのがもったいなく感じる。前髪をまっすぐ揃えた姫カット。顔面のパーツが中心に寄った、フレンチブルドッグみたいな顔。薄手のブラウス姿でスマホゲームに励んでいる。

ミカと似た顔立ちをしているな、とふと思い出した。

余計な感情を振り払い「名前は？」と尋ねると、彼女は「安達結衣《あだちゆい》」と返した。本名のようだ。軽々しく名を明かす危機感のなさ。もし誰かに聞かれて、警察にでもチクられたらどうする気か。『安達結衣という子の捜索願は出ていませんか？　今、栄五丁目のマンションにいますよ』とでも通報されれば、即補導なのに。

それも本人の幸せか、と自嘲しつつ、俺はＵｂｅｒ Ｅａｔｓのアプリを開いた。

「なんか食おうぜ。付き合ってくれよ」

・・・

自覚はあった。俺が一番中途半端な男である、と。

内心で兄貴に呆れつつ、いや、見下しながらも従い続ける。これから男に売られる少女を哀れむが、助けてやることもない。

けれど、それが金本祥吾《しょうご》の身に刻まれた生き方だった。

生まれは愛知《あいち》県北部にある市だ。日本人なら誰でも知っている、世界的な大企業のお膝元。振り返れば異様な都市だった。近隣住人は大抵その大企業か、その系列企業に勤めている。おかげで税収で潤いまくっていて、市役所だって立派だ。行政サービスがこれほど充実した街も珍しい。

　けれど、俺たち兄弟はそこからあぶれた。どんなに優れた街だって虐待はあるし、罪を犯す奴はいる。物心つく頃には親父《おやじ》の暴力が当たり前の家庭。俺が八歳を迎えた冬の日、母親が置手紙を残して失踪し、見捨てられたのだと知った。親父は若い頃、トラック事故に遭い、右腕が動かせなくなった。その保険金と慰謝料で昼間から酒を飲み、息子である俺たちに罵声と拳を浴びせる。自然と家には寄り付かなくなった。

　食べ物がなければ飢える。だが盗めば逮捕されるなんてことはバカでも分かる。俺たち兄弟は、奪うことを選んだ。小学生の頃は気弱そうなクラスメイトを見つけ、脅して、家に上がり込んで飯をもらう。中には、俺たちを友達と勘違いして、晩御飯を振舞ってくれる優しい親もいた。そうでない場合は冷蔵庫から強奪した。歯向かう奴は殴って服従させた。学校に露呈し、父親に苦情が入ったそうだが、アルコール依存症の親父に伝言を聞く能力はない。憂さ晴らしに俺たちを殴るだけ。家から追い出された俺たちは、また食糧を探しにカモを探した。

　奪った食べ物は二人で分け合うのがルール。中でも惹かれたのがゼリー飲料。誰かが言った。『風邪で食欲がない時に、親が買ってくれる』誰かが言った。『部活で試合がある時、親が買ってくれる』そんな言葉が胸に残っていたのかもしれない。

「オレとショウは魂で繋がっている」兄の櫂はよくそんなセリフを吐いた。クラスメイトからパクった、『鋼の錬金術師』を二人で読みふけった。身体を失ったが、取り戻すために冒険する話。母親を亡くし、人生を共にする兄弟櫂は暇があると、何度も読み返していた。

実際、俺と櫂は離れなかった。

中学校にあがってからは、飯ではなく金を奪うようになった。恐喝や強盗を繰り返すうちに、さすがに事件が露呈し、少年鑑別所や児童自立支援施設に連れて行かれた。やがて街では有名な兄弟となっていた。

団地のブラジル系三世にスケボーを教わり、よく駅周辺を疾走していた。気づけば仲間ができる。櫂はチームを作った。『大罪セブン』。スケボーに乗って、ノックアウト強盗を決める七人グループ。当時の万能感は凄《すさ》まじかった。大企業に勤めるお偉いさんを襲い、一日に百万以上の大金を奪ったこともある。その事件のせいで少年院に入ることになるが、後悔することはなかった。出院するその日までは。

少年院で俺は、電気工事士の資格を取った。櫂に命じられていたのだ。どうせ暇なんだし、犯罪に使える技能でも取っておけ、と。俺はそれをすぐに知らせたくて、出院すると真っ先に櫂へ会いに行った。俺と櫂は別々の少年院に入れられていた。

　燿は一人だった。

　駅前でただ一人、つまらなそうな顔でゼリー飲料を咥《くわ》えながら、スケボーの練習をしていた。

「裏切られた」

　声をかけると、燿は俺の顔を見ることなく語りだした。

　彼は助走をつけ、横倒しにした三角コーンを飛び越えようとし、転倒する。オーリー程度を失敗するなんて珍しい。踏まれたゼリー飲料の中身が地面にぶちまけられる。

「レイにやられた。年少で日和《ひよ》った。更生してまっとうな道を進むんだとさ。他のメンバーもレイに説得されたらしい。『燿と関わるな』って」

　レイは『大罪セブン』のナンバー2にあたる人物だった。燿の親友で、危ない橋を渡る時はいつも一緒だった。

「名古屋に行こうぜ、ショウ」燿は言った。「ここじゃもう無理だ」

　俺は黙って頷いた。捨て犬のような瞳の兄を見ていられなかった。

　親父に「少年院で良い投資話を聞いた」と嘯《うそぶ》き、三百万以上の資金を騙《だま》し取《と》り、俺と燿は名古屋に出た。もちろん二度と親父と会う気はなかった。

栄に降り立った時、街のど真ん中に堂々とある観覧車を見上げ、妙に興奮したことだけは覚えている。電車に乗れば一本で行ける街なのに、十七歳になるまで俺は小学校の遠足で行った東山動物園以外に訪れたことはなかった。

それから一年はすぐに過ぎた。スマホやアパート賃貸のための名義を貸してくれる仲間はすぐに作れた。燿は人当たりがいいから、友人も恋人もたくさんできる。薄く広い人脈を築くのは得意だった。けれど、燿本人が逮捕されると、彼らはあっさり燿の下から去る。燿は勾留されても完全黙秘を通し、二十日間の勾留の後に証拠不十分の不起訴で釈放される。しかしそれさえ待てず、人は去る。

警察署から出てくる燿を迎えるのは俺しかいない。

「いいよ、俺にはショウがいる」

燿は口元に微笑みを浮かべ、俺の肩を叩いた。

俺の世界にいるのは燿一人だけだった――俺の初恋の女、ミカと出会うまで。

・・・

安達結衣は食事の希望を口に出さなかったので、海鮮丼とフルーツタルトを注文した。海鮮系ほど写真と実物の落差が大きいものはない。それを理解しながらも頼むのは、どうせ味が分からなくなる程醤油《しょうゆ》をぶっかけて食べるから。

がつがつと胃に米を流し込む俺を、結衣は不思議そうに見つめていた。

「ショウさんはヤクザなんですか？」

「ちげぇよ。俺たちなんざ本物から見れば、赤ちゃんみてぇなもん」

性質は半グレに近いが、正直そんな自覚もない。強いて名乗るなら、悪ガキ集団だ。

「なに、アンタ。そんなことも分からないで来たの？」

バカにしたつもりはなかったが、結衣は傷ついたように目を伏せた。「ごめんなさい」と呟く。ブル前にいると、よく出会う。条件反射のように謝るガキ。そのまま彼女は気まずそうに黙り、色の悪いマグロを箸で摘まみ、口に運んでいる。

「少年院から出たばっかり？」

つい質問をしていた。

え、と意外そうに目を見開く結衣に、噴き出してしまう。

「身なりの割に食い方、綺麗だから。分かるよ、まず飯の喰《く》い方から指導されるよな。

俺もすっげー怒られた」

「……え、ショウさんも？」

「うん、実はね。話変わるけどさ、俺んとこの少年院は入浴って一回十五分だったんだよね。あれって女子も同じなの？　だとしたら辛くない？」

「はい、そうです。アレ、さすがになんとかしてほしいですよね」

結衣はようやく安堵するように頬を緩めてくれた。

飯の最中までずっと緊張したように黙られると、こっちまで憂鬱になる。

以降、結衣は一気に語りだした。人との距離感が歪《いびつ》なのかもしれない。まるで長年の親友に明かすような、個人情報まで楽し気に喋ってくれる。

商社のエリートの父親、水商売の母親の元に授かり婚で生まれたのが、彼女。母は娘には父のように一流大学を出てほしかったが、残念ながら勉強の素養はなく、中学に入学してから、成績のことで毎日のようにケンカした。父は仕事ばかりで、娘の教育には無関心。日本のどこにでもある、クソみたいな家庭。

「中学三年の時、初めて友達に連れて行ってもらったコンカフェで、ようやく私を褒めてくれた人がいたんです。それが今の推しです」

そのコンカフェの名前は知っていた。ブル前近くにある、未成年にも平然と酒を出している店。ヴァンパイアたちの集会場、というメルヘンな設定。メンヘラ女の手を握って『キミが頼りなんだ』と囁くのが奴らの常套《じょうとう》手段。

「生きがいなんです。彼に認められるために、わたしは生まれて来たんです」

「で、パパ活？　大人ありで？」

『大人あり』とは、本番あり、という意味。食事やデートだけでは終わらない。本物の売春行為。

「はい、一時期大分嵌っちゃって、少年院に行くことになったんですけど、やっぱり推しのことが忘れられなくて。彼に捨てられたら生きていけない」

恥ずかしそうに俯きながら、結衣はとろけたような瞳で頬を押さえている。俺の醒めた視線に気づくことなく、話を続けた。『本カノ』とか『バーイベ』とか、ブル前に通う俺でもピンと来ない単語を並べられる。

「それでミッキーさんに相談したら、リンクさんに頼るのが一番安全だって」

「ふぅん。どう言ってた？」

「ええと……身内は絶対守る、情にとっても厚い人」

思わず噴き出してしまった。

櫂がここ数年で築き上げた信頼には、さすがに一目置かざるをえない。ブル前のガキにとって櫂はヒーローなのだ。

ひとしきり笑った後に込み上げるのは、死にたくなる程の激しい虚しさだった。こんな世間を何も知らない年下相手に何をしているんだろう。

金本耀は身内には甘い。商品には絶対、手を出さない。幹部たちにも厳命している
し、商品はこのマンションに自由に寝泊まりしていいルールを設け、本人が辛い時は、脱法ハーブを相場より安く譲ってやる。

でも、それは結局のところ、自分の商売のために過ぎないのだ。

「フルーツタルトも食えよ」

テーブルの隅に放置していた箱を結衣に差し出した。

「俺の分も食っていいよ。もう腹いっぱいだから」

結衣は一瞬きょとんとした顔をした後、首を横に振った。

「……要らないです。ごめんなさい、フルーツあんまり好きじゃないので」

先に言えよ、という言葉は飲み込んだ。

自己主張ができる能力を持ち合わせていれば、きっとこんな場所にはいない。

・・・

夜になると『蒼船会』のメンバーがマンションにやってきて、留守番を変わってく

れた。耀が派遣してくれたらしい。商品には絶対に手を出すなよ、と念を押して、俺は自分のマンションへ戻った。

帰るなり『ネバーランド』に接続すると、すぐに賑やかな声がスピーカーから聞こえてくる。一番大きいのはミズーレの声。いついかなる時でもぎゃんぎゃん騒いでいるのはコイツくらい。

ネコのアバターを動かして、ソファに近づいていった。

珍しくティンカーベルがいなかった。驚いた。眠っている時も接続は切らない人間なのに。VR空間内のホワイトボードを見ても、メッセージは残されていなかった。

「今日はいないみたいですよ」と真二が教えてくれる。

そんなこともあるんだな、と意外に感じていた。

他のメンバーは揃っている。ミズーレ、真二、カノン。オフ会を開催したことで、三人は一層仲良くなったように見える。今は矢場町に新しく出来た触れあい型ペットショップの話で盛り上がっていた。

地元の話題が出たことで、つい尋ねていた。

「なぁ、栄周辺で女が好きそうなスイーツ店ってどこ？」

何気なく尋ねたつもりだったが「え？」と大きな反応が届いた。三方向からほぼ同時。カノンの頭の上に「!?」というマークが表示される。

興奮した様子で詰め寄ってくるミズーレ。

「鐘倉さん、彼女いたんですか？」

「あ？　ちげぇよ」

「でも今の質問絶対そうでしょ？」

途端に色めき立つ、ガキ三人。真二が意外そうに「あまり鐘倉さんのことも知らなかったので、びっくりしました」とコメントし、カノンが「でも声渋いし、それもありそうだなとは思っていました」とアバターの腕をひょこひょこ動かして拍手する。

ムキになって反論するのもどうでもよくなった。「そういうことでいいから、教えてくれ。フルーツ系以外で」と注文する。

彼らは次々と店の候補を挙げてくれた。

「パルコにあるガトーショコラのお店が美味しかった」とか「親が買ってくれた、マルエイガレリアのおはぎが新感覚で驚いた」とか。

一番、詳しかったのはミズーレだった。彼女は休日になると、スイーツをテイクアウトし、実はVR中にこっそり食べていたらしい。

「ほら、私って立派な社会人じゃないですか？　使えるお金が多いんですよ。それに、風邪薬より甘い物の方が千倍美味しいって気づきました」

「風邪薬に味を求めんなよ」

彼女らしいジョークに呆れてしまう。もはや定番となっている攻めた冗談に真二もカノンも笑っている。

「つーか、意外だわ。ミズーレ、まだ働けてんだな」

「失礼な。真面目に勤務してますって。遅刻もゼロですから」

「もう二ヶ月だっけ？」

「んー、そうですね。『ネバーランド』に来たのが七月半ばなので、それくらい？」

二ヶ月前の出来事を思い出し、俺は目を細めていた。

初めはケンカ腰でＶＲ空間にやってきた女。

彼女を招待したのは、俺だった。ミッキーという女性が櫂に「ハーブが欲しい。友人に売りたい」と持ち掛けてきた。ハーブの転売は禁じられている。櫂は拒否した。そのやり取りを見て、代わりに話を通したのが俺だった。

ミッキーがハーブを売る相手は、予想がついた。水井ハノ。死んだような目でほぼ毎日ブル前に通う、風邪薬を飲みまくっている女。このままじゃ死ぬな、と気にかけていた。ティンカーベルと相談し、ダメ元で招待状を送った。

水井ハノはいまだブル前を訪れる。けれど頻度は減ったし、目に見えて活き活きとしていた。日付が変わる前にはしっかり帰宅する。

「クビにされんなよ?」と声をかけると、水井ハノは「縁起でもないことを言わないで」と怒鳴ってくる。

真二とカノンがアバターの身体を揺らしていた。現実世界でも笑っているようだ。

「鐘倉さんこそ、彼女に捨てられないよう頑張ってくださいね。これだけアドバイスをあげたんですから」

「だから彼女じゃねぇって」

俺は呆れた心地で首を横に振った。

・・・

安達結衣に恋などしているはずもなかった。

ミカと顔立ちが似ている女。それだけだ。彼女の口に合うスイーツだって、本気で探しているわけじゃない。

誰にだって引きずる、初恋くらいある。男ならば尚更《なおさら》だ。

十八歳を迎えた頃、俺と櫂はブル前に興味を持つようになっていた。

親父から盗んだ金は目減りしていき、しっかりした金の稼ぎ方を編み出さねばならなかった。だが名古屋の繁華街で、派手な犯罪組織を作ってもヤクザや半グレに潰されるだけ。なんのコネもない俺たちには不向き。誰かの元で働くのは性に合わない。

悩んでいると、櫂が見つけてきた。小金を稼げそうな、ガキの溜まり場。

当時は、槙本《まきもと》という男がブル前を仕切っていた。二十代前半の、親切そうな大学生。ボランティアの一環として、ブル前を訪れる若者の悩みを聞いて回っている。様子を見に来た俺たちにも愛想よく話しかけてくれ、己の活動を語ってくれた。

俺たちの第一手はまず「槙本をいかにして排除するか」だった。

これには随分、頭を悩ませた。暴力での排除が手っ取り早いが、俺たちは今後、槙本のポジションに居座らなければならない。怪しい噂《うわさ》を立てられ、ガキの信頼を集めるのに支障が出るのは困る。

櫂と同居している新栄の1Rアパートで、俺はアイデアを練っていた。

ミカはそんな頃、櫂が連れて来た女の子だ。第一印象はフレンチブルドッグ。顔の中央にパーツが寄った、不細工な女。歳《とし》は十六か、十七。冬なのでユニクロのダウンジャケットとチェックスカートという恰好。

「家出したんだとさ。泊めてやらねぇと、凍死すると思って」

閉店時間ギリギリまでオアシス21のマクドナルドで暖を取っていた彼女に、櫂は声をかけ、家まで連れてきたらしい。

ミカをアパートに届けると、櫂は仲間と遊んでくると言って、すぐに消えてしまった。彼は三日に一度くらいしかアパートに戻ってこない。

世話は俺がしろ、という意図らしかった。

「アンタ、いつまでいんの？」

ダウンジャケットを脱ぎ始めたミカに質問をぶつける。

「いつまでいていいの？」細い声だった。

「好きなだけ。けど大抵は補導されて、勝手に帰っていく。言っとくが、交番で俺らの名前を出しても迎えになんか行かないよ。アンタは家に戻るだけ」

「分かった」

「冷蔵庫にあるものは適当に食っていいよ」

俺はミカから目を離し、スマホゲームを続けた。

カッコ悪い話、俺は女に慣れていなかった。施設に出たり入ったりを繰り返し、中学校なんてロクに通っていない。高校にも進学せず、櫂のようなコミュニケーション能力もない。同世代の女子と突如二人きりにされ、息が詰まった。

液晶画面を叩いていると、味噌《みそ》の良い香りが漂ってきた。

ミカがラーメンを啜っていた。丼にたっぷりのワカメを乗せ、髪を押さえながら息を吹きかけている。

「どうやったの？　それ」俺は目を見開いた。

「はい？」

「部屋の隅に転がってた、サッポロ一番だろ？　俺んち、ガスもないのに、え？　なんでラーメン、作れんの？」

ミカが食べているのは、櫂の友人がくれた袋ラーメンだった。俺たちの部屋にはガスコンロがない。非常時にそのまま齧《かじ》ろう、と放置されていた。

「なんでって？」ミカはキョトンとした顔で言った。「レンジがあるじゃん。作り方、知らないの？」

「マジ？　俺にも作ってくれない？」

「いいけど」

「食ったことねぇんだよ、サッポロ一番。人生で一度も」

「そんな日本人いるの？」

ミカはすぐに用意してくれた。丼に水と乾麵、スープの素、乾燥ワカメを入れて、五分チンするだけ。ラップがないから平皿を乗せ、蓋代わりにする。

聞けば父子家庭のミカは、ほぼ毎日自炊していたのだという。俺は結局ミカの家出理由を聞かなかったが、おそらく家庭の事情らしかった。

生まれて初めて、味噌味のサッポロ一番を食べた瞬間、ミカに惚れた。

それくらいに美味《うま》かった。理屈なんてない。加熱しすぎて、少しふやけていることにも気づかない。甘辛い味噌とそれに絡む麵。これは神の食べ物で、作ってくれたミカは紛れもなく天使だった。

うめぇうめぇ、と夢中になって食べていると、ミカが突然泣き出した。

意味が分からなかったが、嗚咽交じりに聞き取れたのは「こんなに人に喜んでもらえたの初めてかも」という内容だった。

思わず笑ってしまった。

「お前が嬉しがるのは、おかしくない？」

「だってサッポロ一番でこんな感動する人、初めて見たもん。もちろん美味しいけどさ。メーカーの人に見せてあげたくなるね」

ミカはしばらく得意げにサッポロ一番について語ってくれた。味噌はコーンバター のアレンジが美味しいけど、最後にネギと米を入れて雑炊にするのがいいとか、塩味 も抜群に美味しいから絶対に食べた方がいいとかそんな話。

気づけば深夜零時を回っていた。俺は床に仰向けに倒れ、天井を見上げた。六畳の狭い部屋。建付けの悪い窓から隙間風が入ってくるような、箱。箱をこれほど気分よく感じるのは、久しぶりのことだった。

「ショウ君」と名前を呼びながら、ミカが俺に甘えるようにゆっくりと倒れてきた。女性の身体の柔らかさが服越しにも伝わってくる。

緊張を隠しながら「なに？」と尋ねると、ミカは「お願いがあるんだけど」と改まった口調で、俺の胸板の上に顔を乗せてきた。

「――今から寝ようよ」

・・・

少年院で「隣人愛」という言葉に触れたことがある。キリスト教の牧師だかなんだかが来て、説いてくれた。当時の俺は少年院で暴力事件を起こし、独居房に入れられていた。何もない部屋でただ反省を強いられる。外からは運動場でランニングさせられる子どもたちの声が聞こえてくる。少年院でさえ馴染めない自分に嫌気が差し、ちょうど心が弱っていた。講演会の時だけ独居房から出られたので柄にもなく耳を傾けた。

「汝《なんじ》、自身のごとく隣人を愛せよ」

戸惑った。その言葉は「自分が自分を愛している」ことが前提に聞こえたから。無性に腹が立った。俺は自分自身に嫌気が差しているというのに。犯罪を繰り返していたのは他に生き方を知らないから。でも同時に思う。腹が立つってことは自分を愛しているってことじゃないのか。俺にも愛情というものがあるのか。

いまだに「愛」なんてものはよく理解していない。だが例えば、ブル前で頻繁に風邪薬でオーバードーズをしていた水井ハノが『ネバーランド』で笑うようになった時、川原で苦しそうに手紙の草稿を手帳に書き溜めていた木原真二がギャグを披露するようになった時、ブル前でさえ友達一人作れずにいた火口三春が水井ハノとふざけ合うようになった時、妙に胸が温かくなった。そして1Rの部屋で、ミカと一緒にサッポロ一番を食べた、あの夜のように。

・・・

安達結衣は一日経っても尚、『蒼船会』のマンションに滞在していた。また昼頃に起きた俺が出向くと、彼女は寝室の毛布に包《くる》まってすやすやと寝息を立てていた。音を立てないように近づき、水井ハノに教わった店で買ったガトーショコラを寝室に置いてやる。常温保存でもいいらしい。昼食代わりに食べておけ、とメモを残し、そのまま耀がいるリビングに戻った。

「昨日はマッチングがうまくいかなかった」そう耀が明かしてくれた。

結局、結衣は身体を売らずに済んだらしい。

リビングのソファでは耀が眠そうに欠伸をしている。他の幹部はまだやってこない。幹部の中には大学や専門学校に通っている連中もいる。

「ただ明日、注文が入った。処女なら二倍出すっていう大阪からの上客だ。ショウ、あの女がそこらの男とやらんよう見張っとけ」

「アイツ、処女じゃなくない？」

「尻の方」

ゲンナリして乾いた笑みが零れる。大阪から遥々《はるばる》新幹線でやってきて、未成年とアナルファックをしたがる男。『蒼船会』にやってくるのは理解できない趣味の人間が多い。一般の風俗では体験できないからこそかもしれない。

安達結衣の細い身体を思い出し、櫂と少し離れたソファに腰を下ろした。

「もう一日泊めるのか？」呆れるような演技をしてみせる。「一度、家に帰したらどうだ？　電気代の無駄だろ」

言葉にした途端、部屋の気温がすんと下がった。

櫂が限界まで見開いた異様な目つきで、俺の顔面を捉えていた。唇が微かに開かれている。人を殴る直前、彼はこんな表情をする。それを知っている俺は櫂を刺激しないよう、息を止めた。

「どうした？」

櫂の声は穏やかだが、憤怒に近い色が宿っている。

「ショウ、ここ最近おかしくない？　裏切者の件もやけに消極的だしさぁ」

「別に？　ただ思ったことを言っているだけだよ」

「なんか変わっちゃった？　あの女にも差し入れしてさぁ。ショウのダメなのは、そういうとこ」

耀はソファ前のガラステーブルに足を乗せた。威嚇するように舌を鳴らし、電子タバコを口にくわえる。

蔑んだような視線をぶつけられ、つい身体が熱くなった。

「ダメってなんだよ。商品を大事にすんのは兄貴の方針だろ」

「お前は甘やかしているだけ」

耀は長く煙を吐いた。甘ったるい香りが俺の顔を撫でる。

部屋の隅に置かれた空気清浄機が、耀のタバコを感知したのか、音を立てて動き出した。フルパワーの稼働音は鈍くて騒々しい。

「ショウが本気でアイツを幸福にしたいっつうなら、この部屋から連れ出しゃいいんだ。お前がアイツを愛してやって、細々とバイトでもして生きていけよ。でも、しない。別の世界で生きられないと知っているから。違う？」

咄嗟に反論しようと思ったが、言葉が喉元でつっかえた。

耀は嘲るように口元を緩め、諭すように口にした。

「アイツは誇りもって、覚悟決めて、身体売ろうとしてんの。『可哀想』って上から目線で優しさ施すなんて侮辱なの。分かる？　他じゃ生きられない奴らもいる。少年院行こうが、刑務所に行こうが、何度だって罪を犯す奴がいる。オレとお前みたいに。

そんな奴らの受け皿になってやんのがブル前、そして『蒼船会』なの」

それも一つの正論だと認めてしまう自分がいた。自覚はある。

櫂に呆れながらも、俺は彼から離れられないでいる。知っているからだ。俺は何も持たない。高校はおろか、中学だってまともに通っていない。社会常識もない。今更俺を受け入れてくれるのは暴力団か半グレくらいだろう。

だから櫂と一緒に居続けている。櫂と二人で生きていくのが、一番楽な道だ。何度留置場に行こうと、櫂だけは絶対に俺を出迎えてくれる。俺が櫂を出迎えるように。

「ショウ。いい加減、覚悟決めろよ」

櫂は立ち上がって、俺の肩に手を置いてきた。ずっしりと重たく、熱い。そんな感覚が肌に伝わってくる。

ふとティンカーベルのことを思い出した。

どれだけ会話を交わしても、素性を明かさないし触れることさえできない男。

「兄貴の言いたいことは分かったよ。ありがと」

小さく首肯する。

櫂が息を吐いて、俺の肩を叩いて離れていった。部屋の隅に置かれた冷蔵庫を開いて、ゼリー飲料を二つ取り出し「飲む？」と尋ねる。

俺は質問には答えず「ただ」とだけ付け足した。

「俺はもうブル前で誰も死んでほしくないんだよ」

櫂は目の周りの筋肉を、微かに痙攣させた。つまらなそうにゼリー飲料を一つ冷蔵庫に戻して「あ、そう」と言い放つ。

・・・

ブル前はどんな奴にも優しい。

少年院や少年刑務所から出た奴だろうと、薬物依存症だろうと家出少年少女だろうと、社会に行き場のない奴は誰でも受け入れる。絶対悪じゃない。学校でイジメを受けているガキ、家で虐待を受けたガキ、そんな奴らにとっては避難場所。『蒼船会』は表向きは、慈善団体を名乗っている。特に『リンク』という偽名を名乗る櫂は、外面がいい。悩み相談してきたガキの話を聞いてやり、時には警察や児相に付き添ってやることもある。

けれど、それ以上でもそれ以下でもない。

綺麗な沼みたいなものだ。そばで見るだけなら素敵だ。少し入って居心地の良さに浸るのもいいだろう。しかし、のめり込んでしまえば抜け出せない。依存しているという自覚さえなく、嵌っていく。

ブル前ではよく人が消える。

たとえば、地下鉄のホームから仲良く手を繋いで電車に飛び込んでいったカップル。オーバードーズの果てに錯乱し、ビルから飛び降りた女子大生。非行を繰り返す果てに家庭を崩壊させる奴もいれば、補導や逮捕される奴もいる。

人が亡くなっても『ブル前が殺した』なんて報道されない。『カップルが無理心中。家庭内トラブルが原因か』と流れ、コメンテーターが物知り顔で語り、SNSではブラック企業や福祉制度、児相に罵声を浴びせて終わる。ブル前に来るガキは「私も死ぬなら、推しピと心中したい」と能天気に語り、ストゼロを飲む。

人は死ぬ――そんな当たり前のことを教えてくれたのもミカだった。

俺とミカは結局、初対面の夜、共に寝ることはなかった。

彼女が大切な存在になる予感があった。だから流れ作業のように行為をしたくなかった。過程を大事にしたかった。後ろ髪を引かれる心地はしたが、眠かったことを言い訳にして断った。

以降ミカとは三日間程度過ごしたが、一度も行為はしなかった。

やがてミカは俺に何も言わずに家から消え、その数日後、当時のブル前を仕切っていた槙本が未成年淫行の罪で逮捕された。

「やっぱ、どんだけ聖人ぶってても男ってことだな。ＪＫに誘惑されたら、あっさりホテルに行きやがった」

訳が分からないでいた俺に櫂が全ての種明かしをしてくれた。

全部櫂が裏で手を引いていたのだ。家出して行き場のなかったミカを、櫂は家に泊めてあげる代わりに、槙本とセックスするよう命じていた。

「お前も残酷なことしたよな」

唖然とする俺に櫂は言った。

「ミカ、処女だったんだってさ」

「は？」

「お前に拒否されたって泣いてたぜ？　結果つまらん男で初体験を済ませちまった」

頭がフリーズしたように動かなかった。なぜ初対面の夜、性急に行為を求めてきたのかようやく理解できた。ミカは櫂の計画を最初から知っていたのだ。

すぐに櫂にミカの居場所を尋ねた。だが何も知らないという。警察に補導された後、一度家に帰ったはずだが、それ以上は分からない。スマホは解約されたようで連絡は付かない。

俺はその日から名古屋中を駆け回って、ミカの居場所を探した。栄、名古屋駅、星が丘、大須、鶴舞《つるまい》、若者が集まりそうな場所は片っ端から巡った。

二ヶ月後、ようやく見つけた彼女の友人から、ミカが自殺したことを聞いた。

槙本が逮捕されたことで、櫂が彼の代わりを務めた。

「ブル前の王」だと崇《あが》められた。これまで通っていたガキたちは槙本の悪口を言いながら、櫂を慕い始める。槙本は良い奴だが、いかんせん善良な家庭に育ったお坊ちゃん気質だ。過去の貧困エピソードを面白おかしく語ることのできる櫂に、行き場のない少年少女は同調し、惹かれていった。

やがて櫂を中心に『蒼船会』が結成され、行き場のないガキはこぞって櫂に傾倒し、時折危ない橋を渡った。半グレから購入したドラッグを売り捌《さば》き、売《う》春を斡旋する。大麻はやらない。分かりやすい違法行為はブル前のガキには刺激的すぎる。薬局では手に入らない抗うつ剤と称して、大麻よりも危険な薬物を売りつける。

俺は耀のサポートをし続けた。

卑怯《ひきょう》で中途半端な男だった。

ミカが自殺した原因は彼女にしか分からない。しかし、どうしても頭を過る。あの夜、ミカは俺に引き留めてほしかったんじゃないかって。俺が彼女を受け入れ「お前は俺の女だ」と言ってやったら、売春なんてしなかったのかもしれない。もっと違う未来があったかもしれない。俺は選択を間違えた。

耀を糾弾することは、どうしてもできなかった。耀は俺たちが生きるために決断をした。犯罪しか生きる術《すべ》を知らない兄弟が、批難し合ってどうするのか。

ミカと俺は同じだったのかもしれない。

だから惹かれたんだ。

自分の行為が正しいとは思わない。最善とも感じない。けれど、他の手段を知らない。

自己嫌悪に苛まれながら、日々を送る。箱から箱へ移動する毎日。狭いアパートから『蒼船会』の拠点へ。少年院の独居房みたいな直方体の空間。どこかに行きたいと望んでも、それ以外の場所を知らない。囚われながら命を消費する。

いつかミカと同じように自分も死ぬ。それが早いか遅いかだけの問題なのだ。

《キミと一緒に『ブル前』を変えてみたいんですよ》

ティンカーベルと初めて喋ったのは、『蒼船会』結成から一年が過ぎた頃だ。

アパートで昼寝をしていた時、突然知らない番号から電話がかかってきた。

俺の仲間には、頻繁に番号を変える者が多い。警戒せずに通話を繋げると、突然勧誘の言葉をぶつけられた。こちらの気を和らげるような、穏やかな声。威圧的に「お前誰だよ？」と尋ねても、その口調は変わらない。

いつもならすぐに電話を切っていた。しかし、その日はちょうどミカの一周忌で、センチメンタルな心地に浸っていたのだ。

彼は優しい声音のまま《アナタは櫂に不満を持っているんでしょう？》《一人の女性を亡くしたことにショックを受けている》と事実を並べてきた。

どう考えても怪しい奴だった。

しかし、なぜかその声に警戒を解いてしまう。冗談や冷やかしには聞こえなかったからだ。

《ブル前の若者たちを救う――そんな場を秘密裏に作りたい》

目的は分からなかった。槙本のような、薄っぺらな善意ではない。切実さが言葉の端々から感じられた。人生を懸けるような、固い意志。

だが、その大きな感情に自分の方が耐えられなかった。

「……アンタ、サッポロ一番、食ったことがあるか？」

《はい？》

「コンビニで売ってる、カップの奴じゃねぇぞ。袋の方。知ってるだろ？　日本で一番売れてる乾麺。マルちゃんでも、チャルメラでもいいよ」

返事はなかったので、せせら笑う。

「俺は人生で一回もなかったよ、袋ラーメン。周りに言うと引かれるぜ？　健康志向の家に育ったわけでも、ミニマリストの家に生まれたわけでもない。普通に知らないんだ。鍋もコンロもない。スーパーで視界に入っても、素通りするだけ」

それがおかしいことだとも分からなかった。子どもの頃、コンビニの酒コーナーなど見向きもしないように、俺と櫂は袋ラーメンを認識しなかった。仲間から「カップラーメンより安いのに」と笑われても、しばらく理解できなかった。

食べない、のではない。食べられない。作り方を知らないから。

「そういう人生なんだ。箱から箱へ移動するだけ。他の生き方を知らない。知らないからアンタの提案を面白いとも思えない」

《……そういうことですか》

相手は考え込むように沈黙した。しばらくスピーカーは無音。つい反応を待っている自分に気が付いて、困惑した。なぜか彼の言葉を聞きたくなっていた。顔さえ知らない相手にも関わらず。

《実は》やがて彼はすまなそうに口にした。《もうアナタにちょっとしたプレゼントを届けているんです。部屋の前に》

は、と俺は口にして、通話をスピーカー状態にした後に、部屋の扉をあけた。扉の前には、見慣れない段ボールが置かれていた。慌てて開封すると、それはVRのゲーム機だった。ゴーグル内蔵型。数万はする代物だ。

《使ってみてください》

不気味な指示に戸惑っていたが、相手はマイペースに促してくる。

唖然としながら、ゴーグルのセッティングを始めた。初めてのVRに戸惑いつつ、相手の説明を聞いて言われた通りのゲームをインストールする。

《箱、と表現しましたか。分かります、ボクもこれから箱に閉じ込められるんです》

読み込みの間、男は語り続けていた。

《だから仮想共有空間に手を出しました。時折現実世界と比べて、ちっぽけな空間と揶揄《やゆ》する人もいますが、ボクはそう思わない。電子の世界は無限だ。ほんの少しの気力があれば、無限の世界に飛んでいける》

インストールが終わって、言われた空間に飛んだ。

導かれたのは、湖上だった。視界いっぱいに、翳《かげ》り一つない水色の空とそれを鏡のように反射する湖が広がっている。右を見ても左を見ても、静かな水面が揺蕩《たゆた》う。心奪われる程の絶景に閉じ込められ、しばらく言葉が出てこなかった。

自身は湖面に立っている。足を動かせば、水面がそれに合わせて揺らいだ。

確かに、ここは箱なんかではなかった。

見上げれば、吸い込まれそうな青空が広がっている。

湖の上には、ログハウスのような小さな家が浮いていた。家の前に置かれた木製のデッキチェアでは、布団の妖怪のようなアバターが寛いでいる。

「初めまして、ティンカーベルと言います」

スマホのスピーカーからのものと同一の声が聞こえてくる。

俺は無限に広がる湖の世界で、しばらく目の前のアバターを見つめ続けていた。

・・・

ティンカーベルは三日連続で『ネバーランド』に顔を出さなかった。

夕方からずっと居座って、深夜まで待ってみたが、まるで存在丸ごと消え失《う》せてしまったようにアクセスしてこない。二十一時頃、ミズーレや真二がやってきて「鐘倉さんが長時間いるなんて珍しいじゃん」とか「なんだか疲れていませんか？」とか声をかけてくる。

俺はどう答えていいか分からなかった。

「ティンカーベルは何か言っていたか？」と尋ねても、彼らは首を横に振るばかり。少し遅れてやってきたカノンに質問しても同様の反応だ。

引き継ぎ、と彼が語っていた言葉を思い出した。

あの時は冗談だと思っていた。だが、本当に――？　本当に彼は去ったのか？　こんな場所に俺たちだけを残して？　何も言わずに忽然《こつぜん》と？

相談したかった。彼の意見を聞きたかった。

——今から俺が下す決断を、ティンカーベルなら止めるだろうか？

しかし彼がいない以上、自分の判断を信じるしかない。

日付が変わっても彼が来ないことを確認して、俺はVR機器を外した。そのままタクシーで『蒼船会』の拠点まで移動する。チャイムを鳴らすと、安達結衣が顔を出した。ずっと部屋で過ごしているらしい。他のメンバーの姿はなかった。今日は金曜日だ。ブル前で朝まで過ごすだろう。櫂がもっとも忙しい曜日だ。

俺は扉の前で安達結衣を見た。ミカとよく似た、顔面のパーツが中央に寄った女。

「出て行くぞ」

俺はハッキリと命令をする。

「ここじゃお前みたいな奴は幸せになれない。いいか？　絶対だ。十年後『あの頃は大変だった』なんて振り返ることもない。絶望があるだけだ」

安達結衣は突然ぶつけられた言葉に戸惑うように首を傾げる。

俺はスマホを取り出し、ある音声データを再生した。昼間、安達が通うコンカフェに出勤してきた男を捕まえ、録音してきたものだ。

「アンタの推しに詰問したよ。『お前の客が売春しようとしている。どう思う？』ってな。答えはこの通りだ。『知らねぇよ。俺には関係ない』って。アンタ、それでもこのカスに貢ぐのか？　『君だけが頼りだ』なんて他の客にも言ってんだよ」

彼女の顔色が面白いくらいに変化する。最初は怒り猛《たけ》るように赤らんだ顔が、次第に白くなっていき、最終的には青く、生気のないものになっていく。

「いいか？　大事なことを教えてやる。箱から箱へ移動し続けた、俺なりの人生訓だ。『俺たちは賢くない』。何度だって間違える。ミスを犯す。だから悟っちゃいけない。賢くない人間のくせに『自分の幸せはこれしかない』とか簡単に決めつけるな」

頭にあったのは、ティンカーベルとミカ。兄貴とオレだけの人生に、新たな選択肢をくれた恩人たち。

「でも」安達結衣は俯いた。「ここを出ても他に居場所はないし」

躊躇を感じたが、振り切るように拳を握り「紹介してやる」と言い切った。

「『ネバーランド』ってとこだ。噂は知っているか？　行くための機材は貸してやる。アンタの弱音くらいは、いつだって聞いて――」

言い終える前に「ショウ」と言葉をかけられた。

ハッとする。彼女の背後に、櫂が冷徹な瞳で立っていた。今まで隠れていたようだ。

安達結衣を乱暴に横へ突き飛ばし、俺の腹に拳をぶつけてきた。

鳩尾《みぞおち》に命中し、その場に倒れ込む。

寝室から他の『蒼船会』の幹部たちもぞろぞろ現れてきた。彼らも隠れていたようだ。本来ならブル前にいるはずなのに。どうして？　疑問を抱くが、決まっている。櫂だ。兄貴は俺の行動などお見通しだったのだ。

安達結衣は怯えた顔で立ちあがり、寝室の奥へ逃げていく。

櫂は俺の身体を部屋の中に引きずり込むと、扉を強く閉め鍵をかけた。

「徹底的に頼むよ。オレ、ショウがいないと困るから」

それが号令となり、幹部たち三人は代わる代わる蹴りを入れてくる。横腹や首に靴の硬いつま先が刺さっていく。食らうたびに声が漏れ、相手は下品な笑い声をあげた。俺は亀のようにみっともなく身体を丸め、全身の衝撃に耐え続けた。

途中なぜか「ティンカーベル」の名前を呼んでいた。だが、助けが来るはずもない。櫂は冷ややかな視線のまま、全身に痣《あざ》を作る弟の俺を黙って観察していた。

ティンカーベルに続いて、鐘倉さんもいなくなった。

さすがに私もその変化に何かおかしいと感じ取っていた。ほぼ常時仮想共有空間『ネバーランド』に入り浸っていたティンカーベルがいなくなった時点で異常事態だったが、鐘倉さんまで来なくなったのだから、さすがに怪しむ。彼も滞在時間こそ短いが、ほぼ毎日来ていたメンバーだった。

九月半ばの夜八時、『ネバーランド』で一人待っていると、真二君とカノンがほぼ同時に到着した。広間に、私以外に誰もいないことを確認すると深刻そうな顔で頷き、私のところに近づいてきた。

「どう思います？」

真二君が率直に尋ねてきたので、私も率直に「おかしいと思う」とコメントした。

「あの二人、もうこの空間には来ないのかなぁ。だとしても一言くらい声をかけてもいいのにね。突然ぷつんと消えちゃった感じ」

「ですよね」真二君も頷いた。「最後に鐘倉さんを見たのは一昨日ですけど、ちょっと焦っていましたよね。ティンカーベルさんを探していたような」

「ただ消えたというより」

「予期せぬ問題が発生して来れなくなった、みたいな消え方ですよね」

私の言葉の後に続いて、真二君が冷静に口にする。

なんだか背中がムズムズする、居心地の悪さだ。互いの間の取り方や息遣いが伝わるので、ＶＲ空間でも気まずさは強く感じる。

「正直なところ」カノンが溜め息をついた。「ワタシたちだけで集まっても楽しいけどね。でも、やっぱり納得いかないかな」

その通りだった。結局、私たちは『ネバーランド』の設立理由も、鐘倉さんやティンカーベルの正体も知らされていない。なぜ集うことになったのか。それが分からないまま放置されるのは、さすがに我慢ならない。

既に私にとって『ネバーランド』は、もう一つの実家みたいな拠《よ》り所《どころ》になっていた。仕事の愚痴も将来の不安も、ここでなら赤裸々に語れる。

「調べるっきゃないよね。何度ティンカーベルに聞いても、はぐらかされたけど、もう我慢できない」

真二君とカノンも同様の気持ちだったようで、肯定してくれた。

そして私たちが彼らの素性を調べる方法は一つしかない。唯一の手掛かりと言っていい。オフ会で見つけた、私たち三人の共通点。

全員の気持ちを代表するように宣言した。

「――ブル前に行こう」

かくして私たちは翌晩、ブル前に集合していた。

『ネバーランド』のオフ会以降、私はほとんど行かなくなっていた。人恋しくなったらカノンか真二君をご飯に誘えばいいし、職場でも少しずつ友人が出来てきた。だから訪れるのは、数週間ぶり。

夏休みがあったせいか、メンバーは大きく様変わりしていた。学校がない期間、刺激を求めてブル前に通い出した者、あるいは警察に見つかり補導されて消えた者、半グレに誘われてもっと危ない場所に入り浸るようになった者、きっと事情は様々だ。

私のように新たな居場所を見つけて、自然と距離を置いた者もいるように。

「バラバラに行動しましょう」

真二君が囁いた。

「ミズーレさんの情報が正しければ、先月は『蒼船会』っていう連中が裏切者探しをしていたんですよね。多分それが……」

「うん、鐘倉さんかティンカーベルのことだと思う」

この推測には根拠があった。

かつて私の元に回ってきた『蒼船会』からのハーブが、『ネバーランド』の招待状とすり替わっていたことがある。『ネバーランド』の関係者が『蒼船会』内部にいるのは間違いないのだ。

そして『蒼船会』にとって、ブル前に通う少年少女は、守るべき対象でもあるが、金蔓《かねづる》でもある。そこから離脱させようとした『ネバーランド』の存在を、彼らが敵視していたとしてもおかしくない。

ティンカーベルたちが己の素性を明かさなかったのは、そういう事情だったのだろう。今更ながら理解した。匿名こそが『ネバーランド』を守る措置だった。あるいは、私たちが厄介事に巻き込まれないための配慮なのかもしれない。

だとしたら私たちも『ネバーランド』のメンバーだとバレない方が良さそうだ。

私たちは解散し、ブル前にいる適当な人たちの中に混ざっていった。人が変わっても、やっていることに変わりはない。だらだらと喋り、スマホゲームをし、ショート動画を撮り、酒やエナジードリンクを飲み、風邪薬でオーバードーズをキメる。しばらく一つの男女グループに混ざったが、全員、ブル前は新参で大した情報は持っていなかった。ネトフリで見た、アニメ映画の話で盛り上がっている。

どうやら覚悟を決めるしかないようだ。

ずっと視界には入っていた。ブル前に昔から通っている、私の友人。

「ミッキー、久しぶり」

片隅でレモンサワーのロング缶を握り、スマホを弄っているミッキーに声をかける。

スマホ画面には『パパ活専用』とネットで揶揄される、マッチングアプリが見えた。

「ハノじゃん、しばらくぶり」

彼女は小さく笑って、ロング缶を持ち上げた。

「どうしたん？　やっぱり仕事、続かなかった？　やめた？」

声には、微かにトゲが混じっている。まともに話すのは、ひと月前にケンカして以来だ。やはり遺恨があるようだ。

返答には少し迷ったが「そんなとこ」と嘘をついた。ミッキーは目の辺りにぎゅっと皺をよせ「ハノらしい」とくすくす笑い出す。安堵したみたいな反応。なぜか私は胸が苦しくなった。

とにかく心を開いてくれたので、私は「でもブル前にまた通おうかは迷っててさぁ」と彼女の隣に腰を下ろした。

「迷う？　なんで？」ミッキーが首を傾げる。

「先月くらいアリサから聞いたんだよね。ブル前、キナ臭いんでしょ？　なんか『裏切者探し』に躍起になっているとかで」

喋りながら、そういえばアリサの姿が見えないことに気が付いた。ブル前はもう卒業したんだろうか。

「なんだそんなこと」ミッキーはレモンサワーを飲み、口元を拭う。「あれなら、もう決着、着いたってさ」

「え？」

「『蒼船会』の幹部の人から教わったよ。裏切者、見つかったみたい。ねぇヤバいよ？『リンク』さんの弟が裏切ってたんだって。内緒で、こっそりブル前に来る人に連絡取って、別のチームに引き抜いていたんだって」

ミッキーは楽し気に語ってくれた。

『ショウ』と呼ばれている男の話。『蒼船会』の幹部の中では無口であるが、少年少女たちの面倒見がよく、兄から信頼を置かれていたこと。ほぼ毎晩ブル前に来て、家出した子どもたちに食事を奢っていたこと。

「なんかさ、ハノのことも知っていたみたいだよ」

そのミッキーのセリフでハッとした。

鐘倉さんと初対面の時、彼の声が妙に気になったことを思い出した。聞き覚えがあったからだ。ブル前に通っていれば、声が耳に入ることもあったはずだ。

おそらく『ショウ』の正体は――鐘倉さんだ。

私は「ヤバいね」とか「そんなことがあったんだ」と大きなリアクションを取って、ミッキーの機嫌を損ねないようにしながら質問をぶつけた。

「ねぇ？　今、ショウって人どうなってるの？」

「さぁ？　殺されたんじゃない？　幹部の人たちも教えてくれない。でもここ数日は見かけないかも」

背中に伝う汗を感じながら、なるほど、と私は頷いた。良い予感はしない。

ミッキーは俯いて「それよりさぁ」と沈んだ声で話を変え始めた。聞けば、大学の友人から贈与税について教わったらしい。私も詳しくないが、ミッキーは何人かとパパ活の契約をしていて、毎月定額が銀行口座に振り込まれているそうだ。いずれ税務署に目を付けられ、贈与税を取り立てられるかもしれない。しかし、稼いだ金はブランド品や推しに貢ぎ、貯金は全くない。「どうしよう」と嘆くような声音で語る。

だんだんとミッキーが私を見つめる目が、カモを見つけたそれになってきて、適当な理由をつけて離れた。

多分彼女と会うことは二度とない。寂しくないと言えば嘘になる。

ミッキーからの貴重な情報に感謝しつつ、私はカノンと合流した。

彼女は他のブル前の子たちとはあまり馴染めなかったようで、公園のベンチでじっとしていた。やっぱり顔を見られるのが恐いのか、終始俯いている。適材適所。情報収集は私や真二君の仕事だ。

ヒサヤオオドオリパークで合流し、手に入れた情報を語った。

「さすがに殺されたってことはないと思うけどな。『蒼船会』の人たち、見た目がいかつい人もいるけど、ヤクザって訳じゃないんだもん」

「でも」カノンが心配そうに声を震わせた。「じゃあ鐘倉さんはなんで『ネバーランド』に来なくなったのかな？　やっぱり心配だよ」

同意する。突然連絡が絶たれた事情は気になる。ＶＲ機器でも壊されたのか。あるいはネットが使えない状況にいるのか。

口元に手を当て唸っていると、ふと別のことが気になった。

「そういえば真二君は？　知らない？」

途中までカノンと一緒に行動していたはずだ。

「真二君なら恐い顔をして、一人でどっかに行っちゃったよ。ちょっと不気味だった。目の色を変えて、ぶつぶつ呟きだしたから」

一体何があったというのか。

私が不思議に思っていると、カノンが神妙な面持ちで口にした。

「──『アイツがいた』ってさ」


後に真二君に合流して聞いたことだ。

橋口華井人《かいと》は、彼にとって忘れられない仇敵《きゅうてき》らしい。


昔、真二君には日暮大翔という親友がいた。真二君をお笑いの世界へ導いた子で、相方でもあった。お笑いへの探求心が強い情熱家だったが、少々危険行為に走ってしまう側面があり、無免許運転の末、バイク事故で亡くなった。

真二君はそれを認めるのに時間を要したと言うが、事故自体はほとんど自業自得だ。大体は日暮大翔が悪い。そして、彼のバイクに同乗した真二君にも非がある。

けれどもう一人、事故の関係者がいた。

——日暮大翔にバイクを貸した男。それが橋口華井人だ。

日暮大翔の説明では、バイクの乗り方を教えてくれたのも橋口らしい。橋口と大翔はブル前で出会い、橋口は大翔に次々と危ない遊びを教えた。両親と仲が悪かった大翔を引き込み、無断外泊を勧め、身内に引き込んでいった。

だが事故が起きた後、橋口は掌を返すように、日暮大翔とは無関係だと主張した。

「バイクは無断で日暮大翔が乗っていった」「盗まれたんだ。何も知らない」

そう主張したという。警察の事情聴取の際、真二君は「大翔は『橋口が勧めてくれた』と言っていた」と主張したが、当事者の大翔が死亡したことで、真実は有耶無耶《うやむや》となった。橋口には何の処分も下されなかった。

あげく橋口は、大翔の遺族にバイクの弁償を請求したという。喪に服している大翔の両親に石をぶつけるような行為だった。

日暮大翔の死は、やはり大部分は彼自身に原因がある。

しかし事故当時、橋口華井人が日暮大翔に無免許と知りながら、バイクを貸し出したなら、本来彼も罪を負わねばならない。

「アイツ、まだブル前に通っていたんですね。顔を見たら、居ても立ってもいられなくなって、ちょっと暴走しちゃいました」

ようやく合流できた真二君はそう恥ずかしそうに明かしてくれた。

大翔の生前、真二君は、たまに大翔をバイクの後部座席に乗せていた橋口と出会っていた。暗がりの多いブル前でも遠目に見て一瞬で分かったという。

「暴走ってなにしたの？」カノンが不安そうに尋ねる。

「ストーキングしました。アイツがまた誰かを不幸にしていたら、と思ったら、絶対に止めさせないとって」

橋口とやらはブル前をパトロールするように歩き回り、数人の知り合いに話しかけた後、すぐ離れていったらしい。腕には深青色のバッジがあった。

私はすぐに察した。

「橋口って人、『蒼船会』の幹部なんだ」

声かけは彼らの日課だ。自分たちが特別なんだと誇示するように、彼らは身体の目立つ位置にバッジを付けている。『リンク』さんがネット番組の取材で、「悪い大人と区別するため」とにこやかに語っていた。

真二君は知っていたようで「ですよね」と頷いた。

「そこからは、ずっとスマホで撮影していました。何かに使えるんじゃないか、と思ったんです」

私とカノンは、真二君が撮った動画を見つめた。

画面中央では、栄五丁目のゴミだらけの通りをひょろっとした青年が歩いていた。彼が橋口か。だぼっとしたTシャツを着ている。矢場町駅の方へ歩いていく橋口はとあるマンションの前で足を止めた。

「ここが『蒼船会』の拠点かな」とカノンが口にした。

橋口はすぐにはマンションのエントランスに向かわなかった。道の向こうから歩いてきた知り合いを見つけたようで、手を挙げている。

画面外から新たな人物が現れた時、思わず声をあげてしまった。

橋口と合流し、でれっと表情を崩してマンションに入っていく少女。それはミッキーと一緒によく時間を過ごした、私の友人。家出少女アリサだった。

ブル前調査の一日目は終了し、翌日の昼は私だけでアリサと会った。

彼女とは連絡先を交換している。まだ家出中だという彼女とは、栄パルコのスイーツ店であっさり会えた。「久しぶりに会いたくなって」と嘯き、桃とマスカットたっぷりのパフェを奢ってあげた。

「ここ最近『蒼船会』の特別メンバーになったんだ」

残暑はまだまだ厳しく、窓からは強い日差しが差し込んでいる。アリサは窓際を嫌がり、柱の陰にあるソファ席に腰を下ろした。席に届いた全長三十センチのパフェを色んな角度から撮影し、近況を語りだした。

「これは言ったっけ？　ハノと会った時の、えーと」

「もう名前も思い出せないの？　銀行勤めのサラリーマンでしょ？」

「そう、ソイツとは結局別れてね、家から追い出されてしばらく転々としていたんだけどさ。そうしたら『リンク』さんに心配されて、『蒼船会』のマンションに泊めさせてもらったの」

「アリサらしいね。で？　特別メンバーって？」

「よく分かんない。でも、いつでもマンションに泊まっていいんだって。ここ最近は、ムーミンさん家《ち》に泊まることも多いかな。お小遣いもくれるよ」

「ムーミンって誰？」

アリサは自分のペースで話すので、いちいち質問を挟まないといけない。

彼女は身を乗り出した。

「ムーミンさんは、めちゃくちゃカッコいいの。料理も自分で作れるしね」

それから自身の生活がいかに充実しているかを長々と語ってくれた。頭が痛くなるほど要領を得ない、惚気《のろけ》話。何度か軌道修正するための質問を続けて、ようやく彼女の事情が呑み込めてきた。

早い話――愛人。『蒼船会』の幹部であるムーミンこと村松明人《むらまつあきと》は、アリサをかなり気に入ったらしい。中身のない特別メンバーに指名して、囲っているようだ。

私は相槌を打ちながら、ミッキーから聞いた裏切者の話をした。軽い世間話をするように尋ねる。

「ショウっていう人が裏切者だったんでしょ？　今どこにいるのかな？」

「あの人なら『蒼船会』のマンションにいるよ？」

アリサはあっさり明かしてくれた。

「『リンク』さん、かなりブチ切れているみたいでね。監禁中。手錠をかけられて、部屋の隅でずっと蹲ってる。時折殴られたりして、ちょっと可哀《かわい》そうかも」

絶句した。鐘倉さんが『ネバーランド』に来なくなってから、もう四日は経過している。彼はその間拘束され、暴力に晒され続けているのか。

直ちに助けなければ。とりあえず警察に通報するか。しかし、アリサの証言だけで動いてくれるのか。そもそも鐘倉さん自身が『蒼船会』の幹部だ。彼が何も罪を犯していないとは思わない。警察を踏みこませてしまえば、彼も逮捕される可能性がある。

言葉を失っていると、さすがのアリサも異変を察したようだ。「どうしたの？」とパフェスプーンを口にくわえて、幼げな瞳を向けてくる。

悩めば悩む程、鐘倉さんを苦しめる時間が長引いてしまう。

大きく息を吸い込み、口元にクリームがついたアリサの顔を見つめた。

「私ね、ショウさんの仲間なの」

「え」

「ねぇ、アリサ。アンタもこっちに来ない？　ブル前に通うだけならともかく、『蒼船会』と繋がっても未来はないよ。彼らの黒い噂なんて、みんな知ってる。このままじゃ最悪アリサだって逮捕されるよ？」

ふっと電球が切れるように、アリサの瞳から輝きが消えた。口元のクリームを拭い、スプーンをテーブルに捨てるように置いた。

「なにそれ。どしたの、ハノ。白ける」

「アンタが一緒にいるのは気に食わない奴を何日も監禁する連中ってこと。今この瞬間、誰かが通報すればメンバーは逮捕されるんじゃないの？　私がしてもいい」

バッグからスマホを取り出すと、アリサは息を吞んだ。

「裏切るの？」と批難がましい目で見つめてくる。「そうじゃない」と私は強く言い張った。

「分かってるでしょ？　アンタの生活は簡単に破綻する。それとも、こんな暮らしを続ければ、生活全部を面倒見てくれる王子様が現れると思ってんの？」

「今更説教？　ハノ、偉くなったもんだね」

「そうだよ。アリサさ、楽しくて明るい話しかしないもんね」

「暗い話なんて萎えるだけじゃん」

「不安を正面から受け止めてくれる人、周囲にいないの？」

アリサは呆気に取られたように目を見開き、固まった。

もちろんブル前には不安や弱音を吐きに来る子も多い。本来はそういう場所だ。学校や職場に居場所のない子が集う公園。私もミッキーによく仕事の愚痴を聞いてもらっていた。

けれど、アリサの口から心配事を聞いた記憶はない。彼女にとってブル前は弱音を吐ける場所には成り得なかった。そういう繋がりを作れなかった。

「私ならブル前とは違う場所を紹介できる。アンタの話を何時間でも聞いてやれる。たまには不安を吐き出してみなよ」

目を伏せるアリサに想いを込めて、口にする。

「だからショウという人を助けさせてくれないかな？」

アリサは戸惑うように、半分以上残っているパフェを見つめ続けていた。

一人で考えさせてあげよう。私は伝票をもって立ち上がった。


アリサから回答があったのは、その日の深夜。

私に協力をしてくれるという。やはり鐘倉――ショウという人物が監禁されている状況には疑問を感じていたようだ。『蒼船会』の人たちにはバレないよう、こっそり合鍵を渡してくれ、マンションから人が出払う時間を教えてくれるという。

かくして夜十一時、いつもの仮想共有空間『ネバーランド』に、私、真二君、カノンの三人は集まっていた。やはり広間にはティンカーベルや鐘倉さんの姿はない。

鐘倉さんがいなくなった事情は分かったが、ティンカーベルが消えたのはどんな理由だろう。結局、判明しないままだが、まずは鐘倉さんの救出が先だ。

「私ね、鐘倉さんには恩があるの」

ソファに集まる、アイスキャンディーのアバターと、銀髪美少女のアバターに言葉を投げかける。二人はじっと黙って、私を見つめ続けていた。

「私を『ネバーランド』に招待してくれたのは、多分、鐘倉さんなんだ。彼が危険を冒して私を誘ってくれて、崖っぷちに立っていた私を引き留めてくれた。もし鐘倉さんがいなかったら、私、マジで死んでいたかも」

オーバードーズと検索したら、薬の飲み過ぎで自殺した人や、内臓を壊してしまった人の話が何件もヒットした。それでも薬を断てなかった。私を救ってくれたのは、この『ネバーランド』の存在だった。

「私は明日、鐘倉さんを助けに行こうと思う。最悪一人でも行くつもりだけど、二人がいたら心強いかな」

とてもじゃないが、放ってはおけない。自分たちを救ってくれた人が、その行動を起こしたことで暴力に晒されている。その現実を知りながら、のうのうと『ネバーランド』に集えるはずもない。

カノンが「もちろん」と即答してくれた。「ちょっと恐いけどね」と漏らしつつも
「多分、ワタシを見つけてくれたのも鐘倉さんだと思うから」と口にする。

真二君からの返答はなかった。接続が切れたんじゃないか、と思えるくらい、アイ
スキャンディーの身体は微動だにしない。

「助けるって、具体的にはどうするんですか?」

重たげな声だった。じっと見つめられる。

「アリサって子が協力してくれる。私たちは『蒼船会』のマンションに忍び込んで、
鐘倉さんを救い出すだけ。後は私のアパートに泊めてあげればいい」

「不法侵入ですよね?」

「それはそうかもだけど……」

「もし『蒼船会』の人たちと鉢合わせしたら? 突き飛ばしますか?」

返答に詰まると、力強い声がVR空間に響いた。

「二度と罪を犯さない。それが僕たちの集った理由じゃないんですか?」

ティンカーベルが明かしてくれた言葉だ。

――『「ネバーランド」は、訪れた人たちが変わるための空間ですよ』

一度過ちを犯した私たちが再度やり直すために、気持ちを打ち明け、言葉を掛け合い、新たな人生を歩んでいくための場。きっと鐘倉さんは、ティンカーベルの理念に共感している。彼を救うためとはいえ、私たちが事件を起こしては本末転倒だ。

「もしミズーレさんが過ちを犯す気なら、僕は絶対に止めます」

真二君のセリフには強い熱がこもっていた。彼の過去に関係があるのか。

大きく息を吸い込んだ。忘れていた訳ではないが、興奮のせいで見落としていた。現実世界の私の頰を叩き、VR空間の仲間を見つめる。

「不法侵入に関しては、目を瞑《つぶ》って。別に空き巣をする訳じゃない。部屋で暮らしているアリサに許可をもらっているんだしね」

真二君は何も言わない。じっと続く言葉を待っている。

私は強く言った。

「誰かを傷つける行為はしない。私たちは何があっても、誰も傷つけない。鐘倉さんの手錠以外、何も壊さない。盗まない。清く正しく動こう」

あくまで健全な青少年として行動する。身の危険を感じるような正当防衛でもない限り、絶対に手出しをしない。二度と少年院には戻らない。保護司や教官、私の職場の人や伯父伯母を悲しませたくない。

真二君は「そう約束してくれるなら、もちろん僕も付き合います」と笑った。問題なく全員参加できるようだった。

そこから、すぐに具体的な計画を練った。手錠はきっと専用の工具で切れる。特大のチェーンカッターを購入し、アリサの導きで潜入。鐘倉さんを救助後、すぐタクシーで移動して、私が暮らしているアパートに連れてくる。

言葉にするのは簡単だが、実際に上手くいく保証はない。もし誰かに見つかったら、お終《しま》いだ。最悪、暴力沙汰になったら私たちの手には負えない。

「二度とブル前には行けなくなるかもね」

苦笑していた。私たちが行うのは『蒼船会』に盾突く行為。何かの拍子で鐘倉さんを助けたのが私だとバレたら、もうブル前には顔を出せない。

カノンが「いいの？」と尋ねてくる。一時期頻繁に通っていた私のことを心配してくれたようだ。ブル前には、ミッキーやアリサ以外にも知り合いがいる。友達とは言えなくても、私と同じく居場所がない人たちで、多くの夜を過ごしてきた。正直二度と通えないのは、悲しくないと言えば嘘になる。

私は頷いた。

「いいよ。もう卒業しなきゃいけない頃だから」

本当は少年院から出院した日から、ブル前には近づいてはならなかった。あの日、法務教官の前で誓った遵守事項を実現させる時が来たのだ。

・・・

鐘倉さんを救う当日の昼間、私は普段通りに過ごした。

栄にある女性服のショップ店員として働く。転職して二ヶ月経っても、慣れないことは多い。試着途中にお客さんが生地を強く引っ張ってしまい、商品を破いてしまった時。片手にチョコバーを握っている男性客が女性につれられて入店した時。どう対応すればいいいんだろう、と戸惑って、必死で覚えたはずのマニュアルを思い出し、バタバタと声をかける。どれだけ言葉を選んでも相手を怒らせてしまうことはある。そろそろ昼休みだろうかと時計を見ても、全然時間が経っていなくて息が漏れる。

これが『まともに生きる』と表現されるならば、やっぱり大変なことだ。居酒屋よりは自分に合っていると言っても、所詮はマシというだけ。けれど仕方がない。私の知り合いに石油王はいないし、パソコンのキーボードを叩くだけで何十万を稼ぐ頭の良さはない。一日一日なんとか生き抜いて、ちょっと嫌になって「貯金ゼロでもお金から自由になる!」なんて都合のいいことが書いてある自己啓発本なんかを手に取って、キラキラとした筆者の自慢話を浴びせられ、げんなりする。

けれど嫌いではなかった。ブル前で夜通し過ごした後見る、ゆっくり昇ってくる朝日も好きだったし、クタクタになるまで働いてから眺める夕日だって格別だった。

ブル前で過ごした時間が全部、無駄だとは思わない。過去を丸ごと否定したくない。

ミッキーやアリサと過ごした夜だって、いつか振り返って「楽しかったな」って笑える思い出になるかもしれない。

ただ、私はこうやって真面目に働いて生きる自分も大切にしたい。どっちの自分も守るために、はっきりとケジメをつけたい。

・・・

夜八時、アリサから連絡が来た。
――『「蒼船会」の拠点から人がいなくなった。いつ戻るかは分からないから、すぐに来た方がいいかも』
鐘倉さんが監禁されているマンション付近のコンビニに待機していた私たちは頷き

合った。真二君がキャップを深く被り、カノンが薄手のパーカーのフードを被る。万が一もあるため、『蒼船会』の人に顔を見られない対策は必要だ。私もフードを被った。「行こう」と呟いて、目を合わせて頷き合う。

風俗やラブホテルが密集する通りを駆け抜け、目的のマンションに辿り着く。エントランスの前では生ゴミや段ボールが散乱し、悪臭を放っていた。息を止めて潜《くぐ》り抜《ぬ》け、中々降りてこないエレベーターに苛立ち、四階まで階段で駆け上がる。緊張しながら、目的の四〇三号室のチャイムを押した。待っても誰も出てこない。

私は事前にアリサから借りて作っていた、合鍵を使った。問題なく鍵が開いた。泥棒ではないので、扉を開きながら「お邪魔します」と声をかける。

やはり返事はない。

土足のまま上がっていく。そこは2ＬＤＫの一室のようだった。狭い玄関の前から、広いダイニング空間と寝室が見えた。ダイニング空間には革張りのソファが置かれ、タバコの吸い殻やバタフライナイフがガラステーブルに散乱している。そして部屋の隅に、苦しそうに倒れている人の姿が見えた。

「鐘倉さん？」

声をかける。やはり私がブル前で何度か見かけたことがある人物だった。ロン毛をセンター分けにした、身体の大きな男。腕の太さも、足の太さも、私の二倍くらいある。こんな恐そうな人が、VR空間だと可愛い二足歩行ネコなのだから、詐欺に近い。

死んだように目を閉じている。白いTシャツとジーンズという服装で、床に転がされていた。半開きになった窓の先にある面格子から彼の右腕にかけて鎖が伸びている。鎖は鐘倉さんの腕に付けられた手錠に繋がっていた。

近づいて、腫れあがった彼の顔を見つめる。Tシャツは血で汚れ、二の腕は真っ青な痣が斑《まだら》模様に浮かび上がっていた。

背後の真二君が「ひどい」と呻いた。カノンは玄関で見張りながらも、労《いた》わる視線を鐘倉さんに投げかけている。

「あ？」と鐘倉さんが目を見開いた。

眠っていただけのようだ。どこか幻でも見るように、私、真二君、そしてカノンの順番に視線を送っていき、ハッとしたように息を吞んだ。

「お前ら、なんでここに……？」

声を聴いて、改めて彼が鐘倉さんなのだと確信を得た。

真二君がリュックからチェーンカッターを取り出し、鐘倉さんの手錠から伸びる鎖を断ち切ろうとする。自転車のチェーンを切るための巨大なハサミだ。それでもかなり力が要るようだ。真二君は歯を食いしばり、必死に力を入れている。

「助けに来ました」

私は端的に説明した。

「調べて分かったんです。私たちみたいな人を『ネバーランド』に導いたせいで、大変な目に遭っている。それで、居ても立ってもいられずに」

「バッカじゃねぇのか、お前ら！」

鐘倉さんが吠《ほ》えるように喚いた。

「いいんだよ、お前らガキはそんな心配しなくても！　これは俺が勝手にやったことなんだから。どうせ俺があと数日痛めつけられれば、それで終わる話なんだ」

「それがおかしいんですよ。なんで鐘倉さんが酷い目に遭うんですか」

「お前には関係ないだろ」

「そんな訳ないでしょ」

鐘倉さんは首を横に振る。

「いるんだよ、こういう生き方しか出来ない奴も。誰もがお前みたいに健全な世界に戻れる訳じゃない。分かってくれよ」

呆れたように発せられた声には、強い諦念も入り混じっていた。

まさか説得する必要があると思っていなかった。面食らう。私は振り向き、退廃的な空気が漂う部屋を見つめた。ここが鐘倉さんの居場所だとでもいうのだろうか。『ネバーランド』に訪れた私を迎え入れるため、太白山山頂の景色のワールドを作ってくれた人。優しさを知っている。そんな人が理不尽な暴力に耐え、また『蒼船会』とつるむのだろうか。

違う。ティンカーベルが教えてくれたことだ。

──仮想共有空間は、もう一つの現実だ。

『蒼船会』で犯罪行為を繰り返す「ショウ」の姿も真実かもしれないが、『ネバーランド』で私たちを温かく迎え入れてくれた「鐘倉」の姿だって真実ではないか。どっちが嘘で本物か、という話じゃない。両方とも本物だ。

ショップ店員として働き続ける私を応援してくれた彼だって紛れもない真実だ。

「鐘倉さんが出ていかないなら、私はずっとここにいます」

私は鐘倉さんの目を見つめながら強く言葉を張った。

「どうなんです？　ここにいる私を見て『蒼船会』の人は、何を思いますか？　私に何をしますか？　教えてください」

『蒼船会』内部のルールは知らないが、全身に痣を作った鐘倉さんの姿を見れば、暴力を辞さない集団なのは明白だ。彼らに見つかってしまえばどんな目に遭うかなんて想像もしたくない。

鐘倉さんは一瞬呆気に取られたように口を開け、すぐに溜め息みたいな笑みを零してみせた。

「脅迫じゃねぇか」

「その通りです」

「これはティンカーベルの指示か？」

「私の意志です。ティンカーベルとは連絡がつかないままなので」

「そうか、すげぇな」

言葉の真意は分からなかったが、彼の中で何か納得する理由があったようだ。

彼は苦笑交じりに微笑んで、深い息を吐いた。

「分かったよ、出て行く。後のことはそれから考えればいいか」

彼から同意を得られたのなら、後は手錠の鎖を断ち切るだけだ。真二君はいまだ手こずっていた。鎖は歪んでいるが、なかなか切断できないでいる。思った以上に硬いようだ。私も手を貸すために彼と一緒に体重をかけた。

けれど、危機は突然訪れた。

ずっと玄関で見張っていたカノンが叫んだ。

「誰か来たっ」

なんで、と驚いた。アリサから連絡を受けて、まだ十分も経っていない。外出したのに、そんなすぐに戻ってくるものだろうか。

頭が真っ白になって、指示が遅れる。私はすぐカノンに、扉のチェーンをつけるよう命じるべきだった。すぐ出て行くつもりだったから、扉には鍵さえかけていない。気づいた時にはドアノブが回転し、扉が開かれた。カノンが慌てて玄関から離れる。

何人かの男性たちがずかずかと入ってきて、私たちを取り囲んでいく。

「なに、お前たち」

先頭には、ブル前の王様——リンクさんが静かに睨みつけていた。

リンクさん——後に金本櫂と教わる——と私は数度会ったことがある。

初対面の印象は、気の良いお兄さん。初めての深夜外出、金も友達もない私はなんとなくブル前を訪れて、誰にも話しかけられず立ち尽くしていた。そんな私に爽やかに「どうしたの?」と声をかけてきてくれたのがリンクさんだった。

「腹減ってない？」とお茶とパンを差し出してくれて「無理に話す必要はないけど、マジで困ってんなら言ってね」と告げ、連絡先を渡してくれた。もちろん不躾《ぶしつけ》にこちらの連絡先を聞いてくることもない。

「ミッキー、こいつと仲良くしてやってよ」と近くで宴会していた女子大生グループに導かれ、私はブル前デビューを果たした。

二回目に会った時は、前回のお礼を伝えつつ「なんでブル前の人に優しくしているんですか？」と尋ねたことがある。

「オレも一緒だから分かんの。何があっても、何度だってここに来る奴はいる。悪い大人に食い物にされる前に、助けてやってんの」

事前に用意した言葉を並べているような、慣れた喋り方だった。けれど、全部が全部嘘ではないような気もした。

後にミッキーから『蒼船会』の存在を教わり、彼らが裏で売春斡旋や脅迫を行っていると聞いても、すぐには信じられなかった。でもたくさんの噂や、リンクさん以外の『蒼船会』の幹部たちが纏う、暴力的な雰囲気を察して納得した。

健全潔白だけでは生きていけない世界があることは、私も薄々察している。分かっている。だからリンクさんにはむしろ、好感のようなものすら抱いていたのだ。

私の前に立つリンクさんには、ブル前で見せていた純朴な好青年という雰囲気はなかった。体温が無いみたいな冷ややかな目つきで、啞然とする私を見下ろしている。表情はクールなのに拳だけは強く握りこまれていて、親指の白くなった箇所と赤くなった箇所の対比が鮮やかだった。暴力の色が宿っている拳。

他の幹部たちも、かつてパパ活のサラリーマンを脅したように、顎を突き出して威圧してくるが、リンクさんと比べると子どもみたいだ。別格だった。

なぜこんな早く戻ってきたのか。

焦るように壁の方へ後退すると、リンクさんの陰から、私を批難がましく睨みつけるアリサの姿があった。騙された——やっと理解する。彼女はリンクさんに私たちを売るために、偽の情報を流していたのだ。

「『ネバーランド』の目的なら聞いたよ」

リンクさんが口にした。

「別にアンタらもオレたちと対立したいわけじゃないんだろ？　なら良いよ。オレが気に食わないのはね、ショウが嘘をついていたってことなの」

声音こそ穏やかだったが、有無を言わせない凄みが見え隠れしている。

リンクさんは身体をズラし、玄関までの道を空けた。

「ハノだっけ？　早く出ていきなよ。ブル前には二度と関わらずに生きな」

私の名前も覚えているらしい。間違いなくあのリンクさんと同一人物なのだと分かり、膝が震えるような虚しさに襲われた。

玄関をちらりと見た後に、首を横に振った。正直今すぐ飛び出したいが、ここで退《ひ》いては意味がない。

リンクさんの目を見つめ返した。

「ショウさんを解放してあげてください」

「あ、そう。ショウ、どうしたいの？　こっちに付く？　それとも出て行くの？」

私の言葉などロクに取り合わず、リンクさんは鐘倉さんの前に移動した。目を逸らそうとする鐘倉さんの顎を摑み、無理やり顔をあげさせる。

鐘倉さんは唇を嚙み、目を泳がせた。表情には怯えがあった。

何も言ってくれない。さっきまで一緒に出て行ってくれそうな態度だったのに。なぜ暴力を振るう兄から逃げようとしないのか。理解できない。

「鐘倉さん……」

「アンタ、何も分かっちゃいないんだな」

リンクさんが鐘倉さんの顎から手を放し、鼻で笑った。

「こんな喩《たと》え話《ばなし》がある。『クレヨンで絵を描いて、親に褒められる子ども』と『クレヨンで絵を描いたら、親にぶん殴られる子ども』。前者の子どもは、にこやかな顔で後者の子どもを『クレヨンで遊ぼうよ』と誘う。後者の子どもは咄嗟に、その手を振り払う。前者の子どもは傷ついた顔をし『アイツは変な奴だ』と周囲に悪口を振りまいていき、後者の子どもを仲間外れにする。己がいかに残酷かも分からずに」

解放された鐘倉さんは脱力するように、その場に尻をついた。

リンクさんは嘲るように息を吐いた。

「ここに来れば全部うまくいくと思ってた人間には、想像もつかない世界だよ」

悔しさで憤り、肝心な言葉が出てこなかった。喉でつっかえたまま、何も言い返せず、唇を噛むしかない。

己の愚かさが嫌になる。彼の言う通り、私はここに来れば、全部がうまくいくと考えていた。本人の意志なんてお構いなく。クレヨン遊びに誘う子どもと同じだ。相手の事情など考えず、社会正義を押しつけ、悦に浸っただけだ。

現に、鐘倉さんは最初拒否したではないか。放っておいてくれ、と。

けれど、去ることはできない。

偽善者と罵られようと、鐘倉さんを暴力の世界にいさせてはならない。

動かない私を見て、さすがにリンクさんは苛立ってきたらしい。鼻で息を吐いた後、頭の後ろを掻《か》いた。

「早く出て行けよ。分かる？　こっちは大分、譲歩してんの」

彼の身体がブレた瞬間、隣に立っていた真二君が吹っ飛ばされた。

素早い前蹴りが繰り出されたらしい。小さく膝を曲げただけの僅かな予備動作で、こちらの反応する間も与えないスピード。

腹を蹴られた真二君は近くのソファを倒し、壁に背中を打ち付けた。そのまま鳩尾を押さえ、苦しそうに床で呻く。

「真二君っ」

「これ以上、苛立たせんな」

ソファが倒れたせいで、ガラステーブルの天板が傾き、上に載っていたグラスが床に落ちる。耳障りな音が響き、反射的に身構えた。

たった一回の暴力だったが、私を震え上がらせるには十分だった。住む世界が違い過ぎる。リンクさんは次の対象を選ぶように、私を見ている。恐怖でもう立っていることさえギリギリだ。

それでも懸命に己の心を奮い立たせ、目の前の男を睨みつけた。

リンクさんが不愉快そうに目を細めた。

今度は私が蹴られるのだ、と身構えた時、隣で何かが強く振り回された。

カノンが力強く一歩前に踏み出した。

「離れろっ！」

彼女の右手には、バタフライナイフが握られていた。部屋のガラステーブルに無造作に置かれていたものだ。いつの間にか掠《かす》め取《と》っていたらしい。

カノンがナイフを横に振り回し、私や真二君を庇《かば》うように前進した。

「ふざけんなよ！　好き勝手抜かしやがってっ！　鐘倉さんのこと、全部分かった気になるな！」

これまでの彼女からは考えられない、荒々しい声だった。目が血走っている。唾を飛ばしながらナイフを握り、獣のように吠えていた。

彼女は横に薙《な》ぐようにナイフを振った。

リンクさんは冷静にナイフから離れるように後退した。他の『蒼船会』たちの幹部たちは彼女を取り押さえようと前に出たが、乱暴にナイフを振り回すカノンが睨みつけると、息を呑んで部屋の隅に下がっていく。「コイツ、頭イカレてる」と誰かが呻いた。

リンクさんは呆れるように彼らを一瞥し、改めてカノンと向き合った。

「刺す度胸、あんの？」

無抵抗を示すようにポケットに両手を突っ込んで、堂々と立っている。顎でしゃくるようにカノンを煽りだす。

私は彼女を横からハッキリと見た。

カノンは噴き出すように息を漏らし、口の端を微かに上げた。笑ったのだ。

――刺す気だ。

リンクさんは何も理解していない。度胸があるかどうかの話じゃない。カノンは人を刺して殺した経験がある。衝動を止められなかった過去がある少女なのだ。

カノンのナイフがピクリと動いた。しかしそれ以上は動かない。

私はハッと気づいた。迷っているのだ。カノンに宿る理性が、これ以上の暴力を抑え込んでいる。

その躊躇いの隙に、真二君がカノンの右腕に後ろから飛びついた。

「違うっ」

腹を蹴られた直後の彼は、苦しそうに顔を歪ませたまま叫んでいる。

「ダメだっ、カノン！　僕たちは二度と罪は犯さない。過ちを繰り返さない。だから、それだけはダメなんだ。キミは変われるんだ！」

両腕で抱えるようにカノンの右腕を掴んでいる。顔のすぐそばでナイフの刃が煌めいているが、真二君はそれでも力を緩めなかった。

「カノン、だから諦めるな」

真二君が言い放った瞬間、カノンはナイフを取り落とした。力を緩めたのか、彼女の腕を強く引っ張っていた真二君と一緒に、バランスを崩して転んでいる。

その二人を見て、胸が熱くなった。

「変われない、なんて誰が決めたの？」私はリンクさんを睨みつける。

「あ？」

「確かに変われなくて何度でも罪を繰り返す人もいるかもね。でも、それが鐘倉さんだなんて分からないでしょ？　別の生き方が出来るかもしれないでしょ？」

過去の行いで未来が全て決まってたまるか。暴力を抑制できたカノンのように、犯罪にはしる仲間を必死に止めてみせた真二君のように、過去を悔い、未来を改めることはできる。

私たちはやり直せる。他人に否定されようが、関係ない。

「オレはショウの兄だ」リンクさんは言い切った。「アイツはまともな社会じゃ生きられねぇんだよ。コイツのことは、オレが一番理解している」

「裏切られたくせに？」

「それは――」

「その時点で、もう何にも分かってないじゃん！　バッカみたい。挙句の果てに監禁してさ。『理解している』？　なら言葉で説得してみろよ。それが出来ないから、暴力を振るって閉じ込めているんでしょ」

怒気を孕《はら》んでいくリンクさんの態度に怯まず、喉を震わせる。

彼の言葉に耳を貸す価値はない。結局、彼は鐘倉さんを何も理解できていない。だから鐘倉さんは裏切った。しかしその理由を考えもしなかっただろう。この男は反省も後悔もしない。そんな人間に私が屈してたまるものか。

「滑稽だね」鼻で笑ってやった。「アンタ、弟のこと、何も理解してないよ」

リンクさんが唇を嚙み、顔を紅潮させている。

言い負かしてやった、と痛快な心地になる。問題はこれから間違いなく、私は暴力に晒されるという点だった。しかし受け入れるしかない。私にはこれ以上抵抗する手立ては思い浮かばない。

リンクさんは無言で私に歩み寄ってくる。彼が何も言わないまま腕を振り上げた時、私を守るように誰かが立ちはだかった。

「兄貴、もうやめてくれよっ」

鐘倉さんだった。いつの間にか手錠の鎖は千切れていた。私が啖呵《たんか》を切っている間に、ハサミで断ち切ったようだ。

「全部、兄貴の言う通りだったよ。覚悟が足りなかった。中途半端に隠し事作って、兄貴を裏切ってた。悪いのは全部俺だ。コイツらに手出しはしないでくれ」

兄の拳を受け止め、激しく捲《まく》し立《た》てている。

強く発せられた語調が、普段の『ネバーランド』の通りで、いつもの鐘倉さんだった。私の口から息が漏れた。

リンクさんは無言で拳を引っ込めると、素早い蹴りを放った。やはり私にはまるで反応できない速度だったが、鐘倉さんはしっかりと手で防いでいる。

四日間監禁されていたとは思えない程、身体の芯がしっかりしている。

リンクさんは舌打ちをして、後退した。

「兄弟喧嘩は好きじゃない」鐘倉さんは主張した。「だから聞いてくれ。『蒼船会』は抜けるよ。ブル前とは違う世界で生きて行けるかどうか。やってみたい」

勇ましく主張する鐘倉さんに、場の空気が変わった。

『蒼船会』の幹部たちが息を呑み、緊張の孕んだ視線を鐘倉さんにぶつけている。鐘倉さんの巨体を改めて見つめる。きっと正面からやり合うのは、彼らにとっても避けたいようだ。

そして、それはリンクさんにとっても同じらしかった。両手をポケットに入れ、不愉快そうに唇を噛んでいる。

「断ると言ったらどうする？」

「さぁな。けど、この子たちを守るために最善は尽くすよ」

「脅しているのか？」

「まさか。俺はもう二度とケンカはしない。正当防衛以外ではな」

先に視線を外したのは、リンクさんだった。

「……ショウもか」呟くように言葉が漏れる。「お前もオレを見捨てるんだな」

さきほどまでの感情を殺したような冷徹な声と違い、複雑な色味の声音だった。泣き言のようにも感じられた。

鐘倉さんは顔を上げ、小さく笑ってみせた。

「見捨てられるわけないだろ。こんだけ一緒に人生過ごしてんだから」

リンクさんは瞬きをした。そこから逡巡《しゅんじゅん》するように大きく息を吐く。私やカノン、真二君に順番に視線を投げかけた。初めてまともに目が合ったかもしれない。

リンクさんは鐘倉さんの太腿《ふともも》を優しく蹴った。

「行けよ、ショウ。もう顔を出さなくていい。代わりに、その頭がイカレた女を二度とここに近づけさせるな」

頭がイカれた女とは誰だ、と一瞬憤慨したが、カノンのことに違いなかった。動揺する素振りはなかったが、カノンの鬼気迫る脅しはリンクさんにも通じていたらしい。突如ナイフを振り回したのだから当然と言えば当然だが。

鐘倉さんは深く頭を下げた。

「ありがとう、兄貴」

「くだらねぇ。どうせお前はうまくいかねぇよ」

そんなことない、と言ってやりたかったが、我慢した。いまだ苦しそうに腹を押さえている真二君を起こし、肩を貸しながらマンションから退散する。

途中アリサとすれ違った。彼女はなぜか恨めし気に私を睨みつけている。私が小さく「頑張りなよ」とだけ告げると、彼女は微かに目を見開いた。

　鐘倉さんは鍵を受け取って手錠を外し、手早く自身の所持品をまとめ、私たちの後を追いかけてくる。そんな彼にリンクさんが「なぁ、ショウ」と声をかけた。

「お前、アイツに最近会ったか？」

　鐘倉さんは首を捻った。

「は？　アイツって？」

「お前たちのリーダーだよ。『ティンカーベル』だったか？」

　私は足を止めた。なぜリンクさんの口から、そんな言葉が出るのか。

　困惑した表情の鐘倉さんを見て、リンクさんはいやらしく笑った。

「やっぱりショウはバカだな。ここまで俺の邪魔をする奴なんて一人だろ」

　リンクさんは冷蔵庫からゼリー飲料を二つ取り出した。一つを開け自身が飲むと、もう一つを鐘倉さんに投げ渡した。

「オレは知ってる。もう、手遅れってこともな」

・・・

　結局、私たちは逃げるようにタクシーに乗って、全員で私のアパートまで移動した。

なんだかドッと疲れた気がした。お互い一言も言葉を発せられないまま、部屋まで辿り着き、着いた瞬間床にへたり込んでいた。冷房の風を浴びながら、しばらく身体の火照りを冷ます時間が必要だった。六畳もない狭い部屋は、あっという間に冷気で満たされる。深い息を吐き、なんとなく顔を上げ、皆と目を合わせると噴き出した。

「カノン、やばすぎ。ほぼアウトでしょ」と声をかけ、カノンが本気で落ち込んだように「そうだよね、良くなかったよね」と俯く。真二君が「でも今度は我慢できたね」と慰めの言葉をかけた。

「お前たち全員が無茶苦茶だ。マジで勝手になにやってんの」

鐘倉さんはポケットから電子タバコを取り出し、途中ここが私の部屋だと気付いたように、慌ててしまった。「吸っても良いですよ」と告げたが、彼は固辞した。

「けど、ありがとな。さすがに面食らったけど」

「ごめんなさい。確かに暴走だったかも。鐘倉さんの人生、勝手に変えちゃったね」

「まったくだよ」

鐘倉さんは批難するように睨んだ後、押し殺すような笑いをしてみせた。

「けど、いいさ。元々一歩踏み出す決心がつかず、ウダウダしていたんだ。これを機に本気で人生やり直してみるよ」

怒っている様子はない。胸を撫でおろした。リンクさんに告げられるまで、勢いで行動しすぎている自覚がなかった。

でも私たちも、鐘倉さんに人生を変えられたのだから、おあいこにしてほしい。

「ミズーレだって普通に働けているしな。俺でもなんとかなるかな」

失礼なことを宣《のたま》って、鐘倉さんは一人納得している。私は軽口を叩きながらも、頬の緩みを抑えきれなかった。

事前に用意していたジュースを冷蔵庫から取り出した。一人一本ペットボトルを配り終えると、カノンが楽しそうに口にした。

「我々『ネバーランド』の勝利に乾杯」

そんなチーム名だったのか、と疑問に感じつつ、コーラを流し込んだ。気分がいい。目的は達成した。色々グレーな部分はなくもないが、最終的には誰も傷つけず傷つかず、鐘倉さんを救い出すことに成功した。

ジュースだけの祝勝会も悪くない。未成年の我々による、健全なパーティー。

乾杯後、真二君が「そういえば、鐘倉さん」と口にしながら手を挙げた。

「結局ティンカーベルって誰なんですか？　『蒼船会』のメンバーなんです？」

その大きな疑問がまだ残っていた。

ブル前であれこれ調査した私たちだけれど、ヒントすら得られていなかった。彼がいなくなった理由も分かっていない。

「いや、実は俺も知らない」

バツが悪そうに鐘倉さんが口にした。

「俺だってネット上で会ってるだけだよ。なんで突然連絡が取れなくなったのかも分かっていない。ここ数日も『ネバーランド』に来てないいんだよな?」

私たちは同時に頷いた。

つまり、繋がっていると思い込んでいた鐘倉さんとティンカーベルの消失は、直接的には関係がなかったらしい。まずティンカーベルが『ネバーランド』から消え、相談役を失った鐘倉さんは独断でメンバーを増やそうとし、リンクさんにバレてしまったという経緯だそうだ。

「ただ最後に、兄貴が変なこと言っていたな」

鐘倉さんはジュースのペットボトルを一瞬で飲み干していた。

「『アイツ』だとか『もう手遅れ』だとか。まるで共通の知り合いみたいに」

「心当たりはないんですか?」

「いや、あるにはある。レイって呼ばれていた人。月島玲士《れいし》さん。『かつて兄貴を邪魔した人』っていう条件だと他に思いつかないな」

　奥歯に物が挟まったような、含みのある言い方だ。

　真二君が何かを思い出したかのように目を見開く。

　ただな、と鐘倉さんは頭の後ろをがりがりと掻いた。

「別人のように思えるんだよな。声がまったく違うんだよ。多少の声変わりはあるだろうけど、俺の記憶にあるものとは、まったくの別人でさ」

　詳しい話を聞いた。かつて鐘倉兄弟が地元で強盗を行っていた時期、月島玲士という人物がその集団のナンバー2にいたが、チーム全員が逮捕された後、月島玲士はリンクさんと対立して他のメンバー共々チームから離れていったそうだ。

　鐘倉さん以外の私たち三名は、息を呑み、同時に視線を合わせた。全員一斉に思い至ったようだ。

「声なら簡単に変えられますよ」代表するようにカノンが言った。

「は？」

「ボイスチェンジャーです。仮想共有空間で使っている人もたくさんいますよ。今のソフトは個人の声質に合わせて、ピッチやフォルマントを細かく調整できて、すっごく自然な声が出せるんです」

鐘倉さんの表情が変わる。彼は知らなかったようだ。元々情報機器には疎いと本人も語っていた。今は男性が女性の声でリアルタイムに動画配信できる時代だ。私たちはネット越しでしかティンカーベルと会ったことがないのだから、実際の声なんて分からない。

「だとしたら、本当に月島っていう人かもしれませんね」

部屋にいる全員が黙ってしまっている。思っていることは同じようだ。

鐘倉さんが頷いた。「探すしかないな。月島さんが今どこにいるのか」

異論はない。もし彼こそがティンカーベルなら尋ねてみたいことは山ほどある。

——なぜ『ネバーランド』を作り、そして、なぜ突如彼は姿を消したのか。

6章

「ネバーランド」で過ごした仲間へ

と書き出してみたものの、この文書が果たしてキミたちに届くのでしょうか。

どうなんでしょうかね。残された時間いっぱいまで書き進めたいのですが、場合によっては、送信するタイミングを逸してしまうかもしれない。だとしたら随分間抜けな話ですね。それでも、キミたちに届く前提で語っていこうと思います。

これは――『引き継ぎ書』。

キミたちには明かしていない、『ネバーランド』の全てが書かれた内容。押しつけがましいかもしれないけれど、読んでほしい。

そして――ボクの願いを聞いてほしい。

少し長くなるけれど、代わりにキミたちが抱いている疑問を解消できるかもしれない。『このネバーランドの目的』そして『ボクの正体』について。

あるいは、単純に知ってほしいだけなのかもしれない。キミたちだけには。

これから死んでいくであろう、ボクの物語を。


最初に告白しなければならないのは、ボクは善良な大人じゃないということだ。

ボクはキミたちと同じように、かつて大きな罪を犯した人間だ。

ボクもかつて少年院に入っていた。

・・・

十四歳の冬、ボクは少年院に入所していた。

少年院と刑務所では、少年院の方が過酷だという話を聞いたことがある。両方にいた経験のある人に尋ねると多くは「辛いのは少年院」と答えるらしい。法務教官から聞いた話で真偽は不明だが、説明を聞くと納得だった。

少年院は教育の場であり、刑務所は懲役の場なのだ。もちろん刑務所でも更生指導は行われるが、大雑把にはそう区分される。刑務所は囚人に懲役を科す場であり、そのため他の時間は、少年院に比べて制約が少ない。少年院は教育の場であるため、二十四時間の行動全てが指導対象。刑務所よりずっと厳しい制限がある。

まず私語は許されない。会話をする時は、毎度法務教官に許可を得なければならない。刑務所は通常午後五時から九時までが夕食と自由時間だが、自分が入所した少年院では、自由時間は午後八時から九時までの一時間のみ。夕食後にも講座や作文の時間が設けられる。規律を破れば、懲戒が加えられる。独居室に閉じ込められ、延々と反省文を書かせられた。運動も読書も出来ず、ただ壁を見つめ続ける。

ボクはここで暮らしながら、△が○になるイメージを抱いた。

法務教官は厳しく、罵声が飛び、ボクたちの心をボコボコに痛めつけていく。世間一般の学校から見れば「体罰」と見なされる行為が、少年院では当然のように行われる。朝礼で並ばされ、全員一斉に「おはようございます」と挨拶をする。一番声が小さかった者は気合いが足りないと難癖をつけられ、罰としてスクワットを命じられる。全員で声を上げれば、一番声が出ない人間は当然出てくるのだ。少しでも訝し気な視線を送れば「整列を乱すな！」と怒鳴られ、同じ罰を命じられた。

精神が加工される。尖《とが》った部分を熱し、ハンマーで叩き、磨き、何度も何度も形を歪ませていく。△が○になるまで変形させる。そんな心地。

少年院の入院者同士だって仲良しという訳ではない。トイレ掃除中、教官の目を盗んで水をかけてくる者。飯にわざと虫をねじ込み、にやにやと笑ってくる者もいた。理由なんてなかったはずだ。仕返しに殴ったらケンカになって、法務教官に怒鳴られた後、独居室に入れられた。ふざけんな、と憤った。

そんな風に昼間はどれだけ気丈に振舞えても、夜になると心は萎《しぼ》む。

少年院の夜は長い。夜九時就寝、朝七時起床。入院当初は、毎日の運動や厳しい叱責のせいでクタクタになり熟睡するが、慣れてくると、この夜の長さを持て余すことになる。ボクだけじゃない。三名一室の集団房では時折、すすり泣く音が聞こえた。ボクの夕飯に虫を入れてきた男は、両親との面談があった日の夜は決まって泣いていた。最初はバカにしていたけど、やがて釣られて涙が零れる時もあった。

――ごめんなさい。ボクが傷つけた愛奈《あいな》さん。本当にごめんなさい。

被害者の子どもに謝り続ける夜もあれば、身勝手にも己を心配する夜もある。

――ボクはこれから、どうなってしまうのか。

これまで通り中学校には通えない。どこか遠くの地に引っ越したい。やり直したい。でも、お金はどうする？　両親はそんなワガママを許してくれるのだろうか。もう愛想尽かされてもおかしくない。中卒で働いて、世間はどれほど許容するのだろう。理由を聞かれた時、なんて答えればいい？

どんな説教よりも、面談よりも、この長い夜の方がずっと心に効いた。

暗闇の中、○になるはずの自分が、△よりも更に歪な図形に崩れていかないよう、必死に抗う時間が長く続いた。


元々ボクはスケートボードが好きな、普通の少年だった。

中学に上がった頃から駅前のスケボーパークに通い出すようになり、そこで顔見知りができた。パークには秩序がある。全員が全員、好きなように滑ったら事故だらけだ。だから使用者同士でコミュニケーションを取り、自然と仲良くなる。

もっとも仲良くなったのが――金本櫂という男。

技を教えてくれないか、と声をかけられて以来、頻繁に話すようになった。最初はスケボーのことばかりだったが、いずれ互いのことを明かすようになった。

ボクは金本櫂の家庭環境を知り、彼に同情するようになった。

母はいなくなり、家にいるのは暴力を振るう父のみ。毎日誰か他人の家に寝泊まりし、食糧を分けてもらっている。飯を食うことさえ難しい。

比較的裕福な家庭に生まれたボクは、金本櫂になにかしてあげたいと考えるようになった。家に帰るボクを毎日じっと寂し気に見つめる櫂に後ろめたさを抱いていた。

彼はそんな人の庇護《ひご》欲を刺激するような、不思議な魅力を持ち合わせていた。

だからボクは、金本櫂の頼みを聞いてしまった。

彼の頼みとは、強盗だった。

だが当時、ボクにはあまり罪の意識はなかった。

金本櫂から何度も説得され、断り切れなかったのもある。「お前しか頼れん」「狙うのは、金を持っていそうな奴だけだ」「手間賃とオレが飯を食う以上は奪わん」「オレには弟もいるんだぞ？ 餓死させる気か？」と何度も訴えを聞くうちに頷いてしまった。もちろん今となっては言い訳にしかならないけれど。

困っている友人を助けるため。ほんのちょっと悪さをするだけ。そう自分に言い聞かせた。

ターゲットを突き飛ばし、財布を奪ったら全員四方八方に分かれて逃げ回るのがルールだった。現場からすぐに離れるため、ボクはスケボーに乗り地面を強く蹴って加速し続け、下り坂を軽快に飛ばす。強盗は五回ほど難なく成功した。だから油断していた。道の脇から現れた九歳の女の子に気が付けなかった。

ボクは一人の女の子を壊した。

衝突したボクと女の子は病院に運ばれた。事故を起こしたボクは、そのまま五回の強盗の事実も発覚し、少年鑑別所と家庭裁判所に行き、やがて一年相当の少年院行きが決まった。他の仲間も同様に逮捕され、別々の少年院に送致されたと知らされた。

ボクが犯した罪の重さは、少年院から出た後にも痛感した。

少年院から出てきたボクを出迎えたのは、父親一人だった。疲れ切った顔をした父親はボクに会うなり「お前が院にいる間は伝えなかったけど」と申し訳なさそうに視線を下げ「別居中なんだ」とだけ伝えてきた。

車に乗っている間、全てを聞かされた。

積み立てていた姉とボクの大学費用を全部、民事上の賠償として支払ったという。訴えられ、両親は償いとして相手が提示した額を全部飲んだ。費用のために車なども売り払った。元々東京の大学を希望していた姉は、奨学金で学費と生活費を賄うのは無理だと悟ると、ボクと両親を責めた。自然と家庭内での口論は増え、耐えられなくなった母と姉は、母の実家に身を寄せることにしたらしい。

「お前は気にするな」とフォローしてくれる父に、どう詫びればいいのか分からなかった。

十五歳になったボクは、静かになった家で自宅学習に取り組んだ。

とてもじゃないが中学校に戻れなかった。

被害者に手紙を書き続けながら、繰り返される後悔に苛まれ続けていると、思わぬ人間が自宅に訪れた。

金本櫂だった。彼は玄関で気安く手をあげ「お勤めご苦労さん」と笑いかけてきた。父は仕事に出かけていたため、つい部屋まで上がらせてしまった。

「三ヶ月前には出てたんだっけ？　ずりぃなぁ。オレは先週、ようやく出てこれた。マジで年少ダルかった」

床に座り込んで、自分が買ってきたジュースを飲みながら、一方的に語り続ける櫂。一度喋り出したら止まらなかった。久しぶりの再会に浮かれているようだ。途中何度も床を拳で殴って、法務教官を罵った後、ボクの腕を叩いた。

「滑りに行こうぜ。ショウがまだ年少で暇なんだよ。アイツ、バカだから。懲戒処分ばっかで期間、延びてんだとよ」

「ボードなら捨てたよ。もう帰ってくれ」

彼の腕を振り払いながら口にした。

「無理だよ。ボクはもう、お前とは会わない」

耀の顔から笑みが消え、すっと目を細める。

「なに？　どうしたの、レイ」

「お前、反省してないだろ。そんな奴とはもう遊べない」

ハッキリと伝えると、耀は全てを理解したように肩を竦めた。嘲るように「はいはい」と口元を緩めながら立ち上がり、学習机の上に腰を下ろした。

「あーそう。日和ったんだ。ダッセェな。大人に怒られてコロッと友人を見捨てるんだ。見損なったわ」

「なんとでも言え」

「変わっちまったな。あんだけ優しかったお前はどこに行ったよ？」

「お前は変わらないな。またボクの同情心に付け込むのか？」

「人聞き悪っ。はいはい、全部オレのせいってわけね。いいよ、お前。萎える。別の連中に声かけるわ」

耀は声こそ穏やかだったが、突如、勉強机のそばにあった椅子を持ち上げると、ボクに向かって放り投げた。だが座りながらでは狙いを付けられなかったらしく、近くの本棚にぶつかる。本棚は傾き、上に載せていた漫画が落下していった。

耀がつまらなそうに舌打ちをし、机から降りた。そのまま床に置きっぱなしのペットボトルを蹴り上げ、部屋から出て行こうとする。横倒しになったボトルから漏れ出たコーラがカーペットに染み込んでいき、ボクの足まで濡らしていった。

「……お前は本当に後悔していないんだな」

感想を漏らすと、耀が足を止めた。構わず言い続ける。

「お前は年少程度じゃ更生しねぇんだな」

「更生ってなんだよ？」耀がせせら笑う。「オレが悪い奴みてぇじゃん。分かってねぇな。オレは違うルールで生きているだけ」

歯嚙みしていた。

ボクの過ちの一つは、金本耀という存在を見誤っていたことだ。憐れむべき可哀想な少年と定め、同情心ゆえに彼と犯行を働いた。

金本耀には不幸と呼ぶべき生い立ちがある。しかし、彼はその自分の不幸に容赦なく、周囲を巻き込む。その側面を正しく認識すべきだったのだ。

「チームの他のメンバーにも根回ししといたよ」ボクは言った。

「あ？」

言葉が呑み込めなかったように耀は瞬きをした。

畳みかけるように言ってやった。

「お前が年少にいる間、メンバーに伝えた。燿が来ても相手にするなって説得した。アイツは他人を不幸にするだけだって。もう誰もお前なんかと仲間にならねぇよ」

燿は素早く飛び掛かり、両手でボクの胸倉を掴もうとしてきたが、その両腕を逆に掴んだ。勢いは殺し切れず、近くの壁に背中をぶつけるが、燿の両腕を離すことはない。力比べはボクの勝ちだった。徐々に燿の身体を押し返す。

「これ以上、お前の不幸にみんなを巻き込むな」

少年院で考え出した答えの一つだった。金本燿が改心するなんて思ってない。彼は出院後も犯罪を繰り返し、平気で仲間を誘う。そんなものを認める訳にはいかない。これ以上被害者を生むのも、誰かを加害者にするのもコリゴリだ。

自分が出院した直後から、ボクは同じく出院した仲間に連絡し、燿とは二度と関わらないよう誓い合った。

燿の顔がみるみるうちに赤くなっていく。

「正義ぶんなよ」

彼は身体を捻ってボクの腕から離れ、二歩後退すると口にした。

「お前が轢いた女の子、平賀《ひらが》愛奈だっけ？　下半身不随だろ」

今度はボクが表情を崩した。反射的に唇を噛み、肺の奥が潰れてしまいそうな強い悔恨に堪える。

櫂は面白がるように黄ばんだ歯を見せた。

「お前は勝手に更生した気か？　より良い自分になった気か？　その子に言ってみろよ。『キミは一生まともに歩けないけど、ボクは生まれ変わって、勉強して良い大学に入って、一流企業に就職して、結婚して明るい家庭を作れるよう頑張ります』って。なぁ？　オレが相手の立場なら、反吐《へど》が出る程ムカつくけどな」

櫂は近くの壁を強く殴りつけた。

「更生、だとか聞こえの良い言葉を使うな！　全部テメー自身の都合だろうがっ！」

顔を直接張られたような、強い罵声だった。

その時、玄関の方から車のエンジン音が聞こえてきた。父が戻ってきたようだ。櫂は興が削《そ》がれたように首を横に振る。彼の身体がズレ、彼に殴られた壁が見えた。壁紙を貫き、壁が割れている。

「『お前の不幸に付き合わせるな』？　随分と身勝手なセリフだな」

櫂は静かな口調で告げてきた。

「**お前には幸せになる資格もねぇだろ**」

ボクは何も言い返せなかった。

勝ち誇ったように去っていく櫂の背中をただ見送ることしかできなかった。

・・・

ボクが壊した女の子、平賀愛奈はサッカーが得意な女の子だったという。

地元のサッカークラブに所属していて、男子にも負けない、ボールを蹴るのが大好きな少女だったようだ。

事故に巻き込まれたのもサッカークラブの帰り道。迎えに来た母親と一緒に、グラウンド近くの駐車場に移動していたところで、ボクとぶつかった。当時のボクの身長は、百七十センチ。猛スピードで坂を下ってきたボクに弾《はじ》かれた、九歳の女の子は背中と頭を強く打ち、昏倒《こんとう》した。ボク自身もまた頭を強く打ち、しばらく朦朧《もうろう》としていたが、平賀愛奈の母親の絶叫で目を覚ました。少女は病院に運ばれて直ちに治療を受けたそうだが、後遺症は残ってしまった。

親が支払った三千二百万の賠償金では、とてもじゃないが拭い切れない罪。

ボクの両親は謝罪に行ったようだが、相手から何度も追い返されてしまった。自分が行けるわけもなく、手紙を送り続けた。

金本櫂のセリフを否定しきれない。こんな奴が幸せになっていいのか。

けれど——だとすれば、自分はなんのために生きればいいのだろう？

・・・

胸に突き刺さった櫂の言葉は呪いのように何度も痛みをもたらし、常に心を侵食していた。目の前の信号が点滅している時、走ることも歩くこともできない平賀愛奈のことが頭を過り、込み上げる嘔吐感を堪える。

いっそのこと金本櫂のように、全てを他人のせいにして破滅的に生きればいい、と思う時もある。暴れてたくさんの人を傷つけて、最終的に死刑にでもなれば、平賀愛奈は案外喜ぶんじゃないか。ざまぁみろ、と胸がすく心地なんじゃないか。

姉や母に見放され、友人からも切り離され、自暴自棄に等しい状態だった。『助けて』と声をあげることさえ甘えだと感じた。頭がおかしくなりそうだった。

「自助グループというのが名古屋にあるらしい」

助け船を出してくれたのは、父だった。

「玲士みたいな、刑務所や少年院から出た人たちの集まりだ。行ってみないか?」

そんなものがあるのか、と驚いた。

緊張しながら頷くと、父は土曜日に連れて行ってくれた。

コミュニティセンターの一室を貸し切って、その会は行われていた。集まっているのは二十人程度の男女。自分のような未成年も混じっている。参加者は皆、街を歩いている普通の中年や少年といった容貌で、過去に罪を犯した人とは思えない。

並べられたテーブルの隅に腰を下ろすと、時計回りに近況報告を行うという。

萌黄色《もえぎ》のカーディガンを羽織った、優し気な女性が立ち上がった。照れくさそうに頭を下げた。

「ご存じの方も多いですが、私は二年前、窃盗罪で逮捕されました」

呆気に取られるボクと父の前で、彼女は語り続ける。

「盗癖があるので、今でも大きなカバンは持たないようにしております。大きなポケットがある服も買っていません。そのかいもあって万引きをすることなく、夫や娘とも会話が弾むようになりました。来月は五年ぶりに旅行に行けそうです。旅行中、カバンが持てないのは心苦しいので、今、透明のカバンを探している最中です」

参加者は全員、温かい拍手を送った。「旅行、楽しんで」と声をかける人もいる。女性は面映ゆそうに頬を緩め、着席した。

そこからも代わる代わる、近況報告が行われた。自身の罪状は喋っても喋らなくても構わないルールらしい。けれど大抵の参加者が語ってみせた。窃盗が一番多く、中には傷害や詐欺もある。とてもそうは見えない人が突然「人を殴りました」と告白するので、息を呑んでしまう。ボクと歳の近い子は「特殊詐欺の受け子をしていました」と涙ぐみながら喋り出した。

近況報告が終わると、お菓子とお茶が出されて雑談の時間となった。

成り行きを見守っていると、リーダーの男性がやってきて「どうでした？」と声をかけてくる。

三十代後半の眼鏡をかけた、優しそうな顔つきの人だ。彼自身は近況報告の場で、かつて暴走行為を繰り返していた、と明かしていた。

率直な感想を伝えることにした。

「そもそもの質問なんですけど、ボクたちみたいな人って集まっていいんですか？　少年院の教官は『会うな』って言っていて」

「そうですよね、分かります分かります」

リーダーの男性は腕を組み、強く頷いた。

「私語厳禁ってルール、覚えてます？　アレって理由の一つは連絡先の交換を妨げるのが目的だそうですよ。出院後に集まって非行を繰り返さないようにって」

かけられた言葉に、ふと肩の力が抜けた。

この人は紛れもなく少年院にいた人なんだ、と改めて納得する。

「やけに理不尽だなって思ってました」

「時代にそぐわないですよね。連絡を取ろうと思えば、今はＳＮＳで簡単に連絡が取れますからね。そんな制限をするくらいなら、こうして励まし合える場を用意した方が良い。まぁケースバイケースかもしれませんが」

「なるほど」

「少年院や刑務所を出た人間を、もっとも苦しめるのは孤独ですよ。直接的な力にはなれなくても、ただ一緒にいるだけで救われることもあります」

深く同意する。今の自分には、友人と言える存在はいない。櫂からも距離を置き、チームの他のメンバーとも既に接触を断っている。関わるようになった保護司は、年齢差がありすぎて孤独までは癒してくれない。

この自助グループに強く惹かれ始めていた。

「一つ教えてください」

リーダーの男性に、ずっと抱えていた気持ちを吐き出した。

自身が傷つけた女の子、櫂にぶつけられた言葉、そして少年院で味わった強い後悔を並べ、縋《すが》るような思いで口にした。

「ボクは幸せになっていいんでしょうか？」

「その答えは自分にも分かりません。一緒に考えていきましょう」

彼は頷き即答してくれた。

簡単に肯定してくれないその答えが、なぜか無性に嬉しかった。

不登校のままに中学を卒業し、地元から離れた高校に通う傍ら、月一回の自助グループに行くようになった。同年代の人とはすぐ仲良くなり、遊ぶこともあった。

自助グループでは特別なことをしない。年に二回ほど小旅行に出かけるが、それ以上のことはしない。ただ喋り、寛ぐだけ。近況を話し、時に不安を吐き出し「大丈夫だよ」「心配しすぎじゃない？」と声をかけられる。それだけで胸に立ち込める暗雲のような憂鬱は消えていき、前向きな思考になれた。

なにより良かったのは、疑問をぶつけられる人がいたことだ。弁護士や元法務教官がボランティアとして参加していたのだ。

「更生ってなんですかね？」

かつて自分がいた場所とは違う少年院にいたという、法務教官だった人に声をかけた。既に定年を迎えて退職している高齢の男性。

「たとえば、今のボクは『更生した』と言える状態なんでしょうか？　少年院から出て、もう半年になりますが、非行らしい非行は行っていません。毎月保護司のところにも通い続け、遵守事項は破っていません」

「世間一般では『更生中』と表現されるでしょうね」

「ですよね。ボクも軽々しく『更生した』なんて言ってはいけないと思います。でも、だとしたら、いつどんな状態になったらそう言えるんでしょう？」

しつこく質問を続けるボクにも、その人は嫌な顔一つしなかった。

「その答えは『一生』なんでしょうね」

彼は優しく諭すように教えてくれた。

「少年法のルール上『前科』という形は残りませんが、かつて罪を犯した過去は消えません。たとえ大人になっても、年寄りになっても、またキミが罪を犯せば、周囲の知る者は『やっぱり更生しなかったか』という目で見るでしょう」

「一生……途方もない話ですね」

「世間とは、そういうものです。かつて少年院や刑務所にいた者が、再び社会で罪を犯した時、たとえ社会復帰してからの期間が十年であろうが二十年であろうが、更生に携わる者たちは『こんな奴を野放しにするな』と批難の声に晒されます」

自嘲するように肩を揺らした後、口にした。

「一生をかけて証明するものなのでしょうね、更生というものは」

心にすっと馴染むような言葉だった。

他にもボクはたくさんの質問をぶつけた。「どう罪と向き合うべきなのか」「被害者の相手とはどう接すればいいのか」「更生なんて結局、自分だけが幸せを求める行為ではないのか」と。

全部の問いにハッキリと答えがあった訳ではない。時には「玲士君は真面目だね」と苦笑させてしまう時もあった。しかし自助グループにいる人たちは根気強く付き合ってくれた。明快な回答ではなくても、考えるヒントを山ほど与えられた。

いつの日か、自助グループの会がある日を心待ちにするようになった。

この時期、欠席をした日は一度だけだ。

いつもの会合の日、目覚めた時、右足に力が入らないことに気が付いた。起き上がろうとした時、うまく立てず、その場で転んでしまった。

「…………？」

疲労のせいで自律神経が乱れたのか、と思った。考えることが多すぎて、ストレスを溜め過ぎていたのだ、と。

その日は大事を取って休むことにした。

あっという間に高校三年生になっていた。

自分で言うのもなんだが模範的な学生だったと思う。生徒会の一員として活動しながら、空いた時間は勉強に費やした。

世間から見れば、ボクは「かつて女の子を下半身不随にしたクズ」かもしれない。その事実は否定しない。過去の過ちは取り消せない。だとしたら目指すのは「よりまともに近いクズ」ではないだろうか。これ以上社会に迷惑をかけない存在。

金本權は「結局、自分のためじゃねぇか」と批難するだろうが、だからなんだというのだ。開き直っているのは櫂も同じだ。

噂では、彼は弟と名古屋の方に移動して、犯罪を繰り返しているらしい。手もつけられないモンスター。何も失うものがない者は、逮捕も懲役も恐れない。

人を救う職業に就きたい、と思った。

医者でも研究者でも、多くの人を救えるような仕事。百人を助けても一人の人生を破壊した事実は消えないが「よりまとも」「より善い」人間になれるなら、それでいいじゃないか。願わくば、平賀愛奈に多額の金を渡せるような職務がいい。賠償金を肩代わりした父にも恩返しをしたい。

そのために勉学に励んだ。大学には給付型の奨学金で通える水準まで達した。生徒会活動の成果も、ボクの推薦入学を後押ししてくれた。理系学部に狙いを定め、面接の練習を繰り返した。

全てが順調のように思えた。

次第に自身に頻発するようになった、身体の異変を除いては。

運動ニューロンの神経障害——高校三年の夏、医者から診断された。

身体の異変が無視できなくなった頃、病院で通告された。

有名な難病の一つだ。手足、舌、喉、全身の筋肉が自由に動かせなくなっていく病。最初は口か手足が動かせなくなっていき、次第に歩くことも喋ることもできなくなる。最終的には呼吸や水を飲むことさえ上手くできなくなり——命を落とす。治療法はまだ生まれていない。一年間で十万人に一人から二人がかかると言われている。

気の毒そうに告げた医者は「進行を遅らせる薬はあること」や「延命治療が発達していること」を教えてくれたが、頭には入ってこなかった。

嘘でしょう、と呻く父親のそばで、目の前が真っ暗になっていく感覚に襲われた。

——これから、自分は人を助けなければならないのに。

よりまとも、より善いクズ。それこそが人生の目標なのだ、と発奮した矢先に突きつけられた現実。

金本櫂の呪いの言葉が頭の中で蘇《よみがえ》った。『お前には幸せになる資格がない』

その通りなのかもしれない、と感じてしまった。

「………ボクは何のために生まれてきたんですか？」

頭を抱えながら呻いていた。

一人の女の子の人生を壊しておいて、その償いさえもできずに死んでいく。だとすれば、最初から生まれてこない方がマシだ。他でもない自分がそう判断する。自身を客観視した時、己は世界にとって無価値どころか害悪でしかない。

弱音を吐くと、医者に優しく諭された。

「ショックなのは分かります。しかし、今のこの日もアナタと同じ病気にかかりながら、毎日を強く生き抜いている人がいます」

現在日本には、一万人近い患者がいるらしい。彼らもまた懸命に生き延び、生きた証《あかし》を残そうとしている。

力強く告げられた。

「残された時間で、自分のやりたいことを整理してください」

その言葉はゆっくり時間をかけながら、ボクの身体に届いていった。

・・・

ショックを受けなかった訳じゃない。病名を告げられてから一週間は何も手がつけられず、呆然としていた。学校を休み、自助グループの会合も欠席し、ベッドで毛布に包まって絶望して時間を過ごした。心配してメッセージをくれる友人に何も返信できず、スマホの電源を落としていた。

それでも身体を動かせたのは、理性によってだった。

挫《くじ》けちゃダメだ、と何度も自分に言い聞かせた。病が身体を蝕んでいく恐怖にも負けずに、ノートに今から自分がすべきことを書き出した。

このまま人生を終えてはならない。医者の先生の言う通りだった。同病の患者の手記を読んでいけば、彼らが一日一日を大切にし、生き抜いたことが伝わってくる。たくさんの本を図書館で借り、少しずつ勇気を分け与えてもらった。

――今の自分が残された時間で出来ること。

――かつて罪を犯した自分が、少しでも世界に貢献できること。

大学に通うことは諦めた。病状の進行次第では、卒業できるかどうかも危うい。平賀愛奈には会えない。謝罪さえ拒絶されている。今の自分に実行できる範囲で、人のために行えることはなにか。命が潰《つい》える前までに決着をつけねばならないことは何か。

考えて行くと、自然と答えが見つかっていた。


高校三年生の冬の夕方、ボクは名古屋に向かった。地下鉄を乗り換え、栄駅を降り、十二番出口から出る。少し歩いていくと、怪しげな雰囲気のある通りに着いた。どこの国の料理を出すのかも分からない居酒屋、業態が分からない風俗、そして、オシャレで一瞬高級レストランと見まがうような佇まいのラブホテル。

こんな場所に公園があるのか、と驚いていると、やがて開けた空間が見えてきた。トレビの泉がモデルなのだろうか。青くライトアップされた噴水が目を引くラブホテルがあり、その前には、いくつかのモニュメントと花壇を備えた公園がある。

——ブル前。

ボクはその手前で立ち止まった。

ここに金本櫂がいることは知っている。アイツはここでまた誰かを不幸に誘おうとしている。その事実を想像すると、胸が苦しくなった。

見つかるのは面倒だ、と感じて一旦離れようとした時、左足が痙攣した。突然、言うことを聞かなくなる。バランスを崩して身体は前のめりに倒れていくが、右足もうまく動いてくれない。

「大丈夫ですかっ⁉」

倒れ込む寸前、突如駆け寄ってきた少年に抱き留められた。男子高校生らしい。紺色のブレザー姿だ。力強い両腕に支えられ、地面に激突するのは免れた。

顔を上げると、快活に笑う顔があった。心の底から安堵するような笑い方をしている。センター分けにした、爽やかな髪型をした男子。「突然大変っすね」と陽気に声をかけてくる。こちらがただ躓いただけと思っているようだ。

「すみません。助かりました」と声をかけ、立ち上がった。

改めて助けてくれた少年を見て、ふとアイデアが湧いた。

「もしかして、今からブル前に？」

「はい、そうっす。仲が良い先輩がいるんで」

にこやかに返してくる彼は、非行とは程遠い少年に見えた。悪いことに憧れているわけではなく、ただ単純に面白いものに惹かれている、という印象。

「ちょっと教えてほしいことがあるんだ」と彼を喫茶店に誘った。


少年の名前は、日暮大翔と言った。

コーヒーとショートケーキを奢ってやり「ブル前について知りたい」と口にすると、彼はこちらの素性を訝しがることなく、淀《よど》みなく語ってくれた。お笑い芸人を目指しているという彼は、喋りも上手だった。

得た情報によれば、今のブル前は『リンク』なる人物が仕切っているらしい。写真を見せてもらい、彼が金本櫂なのはすぐに理解した。ブル前に集まる大半は、ただ群れて時間を過ごすだけの普通の少年少女。パパ活や飲酒、喫煙くらいの非行をする人も多いが、窃盗や恐喝などの犯罪に手を出す者は少ない。稀に家出少年少女など問題を抱えた子がいると、『リンク』を紹介する。

「もちろん、ヤバい噂も聞きますけどね」

大翔くんは苦笑しながら語ってくれた。

「『リンク』さんに売春させられていた、とか、クスリを買わされた、とか。でも正直、どっちもどっちって感じもするんで、あんま気にしてないっす。基本優しい人なんで。よく飯とか奢ってくれますから」

それが一般的なブル前少年から見た、金本櫂のようだった。相当狡猾《こうかつ》に活動しているのが、興奮するように語る彼の口調で伝わった。

「ほんと凄いっすよ。『リンク』さんの周囲には、年少上がりの人とかもいるっぽいっすけどね。誰も頭が上がらないんです」

語られる内容に暗鬱たる気持ちになる。

金本櫂が今も犯罪を繰り返しているのは、疑いようもない。しかし、ここに通う少年少女たちは、彼を恐れはするものの、それ以上に畏敬の念を払っている。教室でイジメっ子が一定の地位を得てしまうような、そんな無邪気で残酷なヒエラルキー。

思えば金本櫂は暴虐ながらも、人から慕われるようなカリスマ性を持ち合わせていた。かつては自分もまた親しみを感じ、彼と強盗を行っていたのだ。

大翔くんは上機嫌に唇にクリームを付けたまま語る。

「なんで？」

そう思わず質問をぶつけていた。

コーヒーを飲もうとしていた手が止まる彼に、再度尋ねる。

「なんでキミたちはブル前に集まるんだ？」

「他じゃつまんねぇから」

即答された。彼の口元から笑みが消える。

「別に俺自身、特別に悪いことをしているわけじゃないっすからね。酒も飲まないし、学校にもしっかり通っていますし」

「キミ以外は？」

「同じですよ。他に楽しい場所がないから、集まっているんです。避難場所かもしれないですね。どうせ家にいても怒鳴られるだけなんですから」

大翔くんはコーヒーを一気に飲み干した。彼もまた、親との不和を抱えているらしかった。

「そりゃイケナイことやって、補導される奴もいます。パパ活とか未成年飲酒とかで。施設に行く人もいる。でも結局ブル前に戻ってくるんですよ。責められます？　鑑別所なんかに行ったら、まともな連中は関わってくれなくなりますよ」

「………そうだね」

自身の境遇を思い出し、同意していた。孤独ほど心を苛むものはない。父に自助グループを提案されなければ、自身もまたここに通っていたかもしれない。

けれど、それではダメなのだ。ブル前という居場所自体は否定しない。だが、それ以上の問題をあそこは抱えている。

――ブル前は、金本耀が仕切っている。

彼が、あるいは彼のような人間がいる限り、ブル前は常に危険を孕んでいる。

次第にやることが見えてきた。自分が立ち向かわなければならないこと。

大翔くんの目を正面から見据えた。

「『リンク』の本名は金本耀。恐喝と暴行で自立支援施設が二回、強盗で少年院を一回、経験している。地元では有名な悪童だよ」

面食らったように、大翔くんの表情が固まった。

やはり知らなかったのか、と頷いた。あるいは突然情報をぶつけられて驚いただけかもしれない。どっちでもよかった。

「アイツには注意した方がいい。適切な距離で付き合うべきだ」

「……はぁ。ありがとうございます。でも、なんで教えてくれたんです？」

「ボクは金本權を止めたい」

元々考えていたことだ。自身に残された時間がどれほどかは分からない。その間に自分が贖罪《しょくざい》として行うべきこと。真っ先に思い浮かんだのが、金本權によって不幸になる人間を減らすことだ。

だが大翔くんと話して、己の誤解に気が付いた。

「――と思っていたんだけど、それだけじゃないみたいだ。彼一人を止めてもダメなんだ。どうせブル前の子どもを狙うまた他の悪い連中が居座るだけだ」

それは金本權よりも性質の悪い人間かもしれない。

彼一人を全ての元凶のように排除しても、何も変わらない。

「もっと別の、全く新しい居場所を、作らなきゃいけない」

それが辿り着けた結論だった。ブル前とは異なる空間を創造する。

まだ具体的にイメージはできないけれど、アイデアはまとまり始めていた。

目の前では大翔くんが呆然と口を開いて固まっていた。突然聞かされた話に戸惑っているらしく、ボクは慌てて謝った。つい思考をそのまま口に出していた。

大翔くんは気を悪くした様子はなく、にこやかに「よく分からないけど、凄いっすね」と口にした。随分と器が大きい少年だ。

「ちょっと因縁があるんだよ、櫂とは」

ボクは周囲に聞かれないよう、声のボリュームを落とした。

「それに、ボクにはもう残された時間が長くないから」

これも明かす必要はなかったが、つい口に出していた。快活な大翔くんの大らかな雰囲気に甘えてしまった。

大翔くんはその一言だけで察したように、あぁ、と掠れた声を出した。何もないところで転んだボクを思い出しているのかもしれない。

「レジスタンス月島さん」

突然、大翔くんが変なワードを呟いた。

「なにそれ？」

「今考えた、あだ名です。ブル前の王様に立ち向かう、革命家」

色々とツッコミたいところはあったが、大翔くんは自身のネーミングセンスに満足したらしく、大きく頷いていた。

「頑張ってください。それ、面白いと思います。協力らしい協力はできませんけど、今聞いたことは『リンク』さんには秘密にしておきます」

そして彼は代わりと言わんばかりに、彼がやっているショート動画を紹介してきた。ボクがそのアカウントをフォローすると、彼は無邪気に喜び、相方の自慢を始めた。おかげでボクは、彼の相方である木原真二という少年に詳しくなった。

別れ際、彼が差し出してきた手を、ボクは固く握り返した。


――ブル前に代わる新しい居場所。

アイデアの元になったのは、とあるゲームだった。

次第に身体を動かせなくなるボクが悲嘆にくれないよう、父が買い与えてくれた。

仮想共有空間内でコミュニケーションが出来るもの。指先さえ動かせれば走ることもジャンプすることも出来て、たくさんの世界を冒険できる。

病気がわかって以降、ボクは初めて自助グループに行き、そこで自らの境遇を明かした。驚いている仲間に対して、今の目標も伝える。

「VR空間内に新しい自助グループを作りたいです」

念頭にあったのは、もちろんこの自助グループだった。

「自助団体だって全国津々浦々にある訳じゃないでしょう？　少年院に行く子どもだって年々減少している。繋がりを作るのは大変なはずです」

実際、ボクが通っている団体は県外から電車を乗り継いで通ってきている人もいる。より田舎に暮らしている人は、参加したくても断念しているはずだ。

「もっと手軽に集まれて、かつ密接に繋がれる空間を作りたい」

ボクの目標に、たくさんの人が同意してくれた。中には「元受刑者が集まり、再犯が起こりかねないリスク」「匿名相手の個人情報漏洩《ろうえい》のリスク」など不安がる意見もあったが、大方は応援してくれた。「問題が生じた場合はすぐに連絡しなさい」と弁護士の先生から名刺ももらった。

名前は決まっていた――『ネバーランド』。

少年院で過ごしている間、本棚にあった『ピーターパン』の原作を自由時間に読んでいた。幼少期に見たアニメ映画の印象と異なりピーターパンの残虐性に驚きもしたのだが、その結末が妙に印象的で記憶に留まっている。

主人公たちはピーターパンに導かれ、ネバーランドへ向かい、そこにいた子どもたちと時間を過ごすのだが、ラスト、ピーターパン以外のネバーランドの子どもたちもまた主人公たちと一緒に現実世界に帰る。

家出をして、母親さえ忘れてしまった迷子の子どもたち。彼らにとってネバーランドは避難所でもあり、そして大人になるための通過点のように思えた。

迷える子どもたちが心を安らげ、そして羽ばたく場でありたい。

念頭に置いていたのは、もちろんブル前だ。あそこには、金本櫂に食い物にされる子どもがいる。身を滅ぼす前に、別の居場所を作ってあげなければならない。

——ブル前ではない。暗闇を彷徨《さまよ》う子どもが集える場所。

それが『ネバーランド』に込めた願いだった。

あとのことは、きっと大体の予想がついているはずだ。

次第に身体が動かなくなるボクには、協力者が必要だった。

ブル前で顔が広く、かつボクの思想に賛同してくれる者。

大翔くんを通して一人の候補を見つけていた。『蒼船会』の幹部であり、『リンク』さんに反発する素振りを見せる者。幸い、ボクも知っている人物だった。

——金本祥吾。櫂の弟であり、唯一無二の相棒。

連絡先は大翔くんから教えてもらい、ボクは祈るような気持ちでメッセージを送った。金本祥吾がかつて大切な人を亡くしたことは、大翔くんが聞き出してくれた。

彼は、ボクの理念に賛同してくれた。自分の代わりに、ブル前でメンバーを集めて、水井ハノや火口三春を招いてくれた。

思えば、大部分は金本祥吾——鐘倉くんに甘えてしまった。

もっとも木原真二くんを招いたのは、自分だ。鐘倉くんから、日暮大翔くんが亡くなったことは聞いていた。相方の噂も教えてくれた。真二くんは少年院に入っていた訳ではないが、放っておけなかった。

その頃からボクは杖《つえ》なしで歩けなくなり、すぐに車椅子が必要な身体となった。

VR空間に常時待機するようになった。

声を変えたのは、病気の進行によっては今後、うまく喋れなくなるかもしれないからだ。多少舌が回らなくなっても聞き取りやすいように、音声変換ソフトを用いて調整した。訪れてきた人たちに警戒されないよう、優しく穏やかな声に。

　そうやって過ごしたキミたちとの日々は、本当に楽しかった。


　病状は少しずつ進行していた。

　時折、全身に激痛がはしるようになった。病状の進行によって起こる症状。突発的に身体が割れるような痛みに苛まれ、意識が飛びそうになる。鎮痛剤を打ち、しばらく頭が働かなくなる。やがて病院に入院することになった。

　ＶＲ機器をつけるどころではなくて、ログインできない日が何日も続いてしまった。本当は鐘倉くんにメッセージを送るべきだったのかもしれない。けれど、ボクは残った体力で、この文書を作ることに専念した。ごめんね。きっと困惑させてしまっただろう。でも震える指先では、打てる文字量に限界があったから。

　――ボクの命が潰える前に、引き継ぎ書を完成させねばならなかった。

　そして、それには、この時期に出会った意外な人物の話をしなければならない。

　金本燿が病室に現れたのだ。

「おめーだろ。ショウを誑《たぶら》かしてんのは」

九月下旬に彼はボクの病室を訪れて、嘲るような笑みを見せてきた。

この時のボクはもう喋ることもできなくなっていたので、見つめ返すことしかできなかった。ただ意外な再会に驚くばかりだった。

彼は自慢げに聞かせてくれた。ブル前にいた裏切者は、金本祥吾と突き止めたこと。彼を監禁していること。またアリサという少女から彼らの情報を仕入れたこと。黒幕が月島玲士と推測し、地元の伝手《つて》を使い、ここまで辿り着いたこと。

彼にとって『自身を邪魔する者＝月島玲士』という式があるらしい。無茶苦茶な論理だったが、当たっていたのだから皮肉なものだ。

「病気でもうじき死ぬんだろ？　ざまあねぇな」と笑みを見せる櫂。

幼稚な暴言。

呆れた心地で、手元のパソコンで文字を打った。

《正解だ。ボクが『ネバーランド』の管理人でティンカーベルと名乗っている。それで？　わざわざボクをバカにしにきたのか？》

「ショウを説得しろ。そうすれば、ショウの身柄を解放してやる」

動けないボクをいたぶるように、燿はボクの胸元に触れ、微かに体重をかけた。さほど力を加えていないが、それ以上に圧迫された心地になる。
緩やかな息が漏れた。
もはや表情を動かすことさえ叶《かな》わないが、笑いが込み上げてきた。
《キミは、変わらないな》
「は？」
《大人になろうとする子どもの邪魔ばかりする、一生大人になれない愚か者》
燿の手が震えた。挑発に乗りやすい様がそれこそ子どもみたいで、ボクは続けて文字を打ち込んだ。
《ショウは子どもじゃない。自分の判断で動ける大人だ。ボクはショウを仲間に誘っただけで、洗脳したわけじゃない。どう説得しろ、と？》
金本燿は何も理解していない。力で押さえつければ全てが上手くいくと思っている。それとも『更生なんかするな』と説き伏せることが正論だというのか。
《残念だけどキミには何もできない。暴力はＶＲ空間上の集まりに通用しない》
ボクは震える指先に力を込めて、エンターキーを押した。

《大人になれよ。ボクと違って、キミには可能性が残されているんだから》

櫂は一瞬息を止めた後、苛立たし気に舌打ちをした。ボクが思い通りに動かないと悟ったのだろう。ここが病院でなかったら、また暴れたのかもしれない。

ボクから離れ、強く睨みつけてくる。

「罪人のくせに説教垂れんな」

かつてと似たセリフ。呪いのような言葉。

一人の女の子を壊した——その罪が消えることはない。そんな悪人が幸せを望むなど図々しいのかもしれない。

だからボクは《櫂、その通りだよ》と文字を入力する。

《ボクには幸せになる資格なんてないかもしれない。かつてボクが傷つけた人は、ボクを恨み続け、ボクの不幸を願うはずだ》

だが、かつてのように怯むことはない。

自分がどれだけ向き合ってきたと思っているのだ。

《それでもね、ボクにも人の幸せを願う権利はきっとあるんだよ》

ボクが入力した文字を見て、櫂は一度目を見開き、何も反応を返すことなく逃げるように去っていった。

・・・

以上でボクが語るべき話は終わりだ。

もしかしたら今頃、鐘倉くんは大変な目に遭っているのかもしれないね。だとしたら本当に悪いことをした。これを書き終えたら、すぐにキミへこの文書と共に謝罪のメッセージを送る気だ。すまなかった。

最後にこのネバーランドが作られた一番の目的を明かそうと思う。

――ボクは、きっと更生というものに辿り着けなかった。

更生が一生を懸けて証明するものならば、人より短い人生を送るボクには叶わないことだった。非行や犯罪から離れた自分を示す前に、ボクの人生は終わろうとしているのだから。

だから病名を知ってから、ボクにできたのは一つだけだ。

――変わろうとする他人の手助けをすること。

自分の代わりに誰か一人でも非行から離れさせ、生き続けてもらうこと。

それが、かつて過ちを犯した自分が、償いのためにできる唯一の方法だった。

――『ネバーランド』は、ボクが生きた価値を証明するための空間だ。

結局のところ、自己満足かもしれない。

きっとキミたちは、罪から離れた生活を送り続ける。キミたちは変われる。過去の過ちと向き合い、戒めることができる。

その流れの一つに、ほんの少しでもボクは貢献したかった。

もしその願いが叶えられたならば、ボクは本当に救われる。

金本祥吾くん。キミには迷惑をかけてばかりだ。兄を見捨てない優しさを尊敬する。でも、この『ネバーランド』にいるキミは、かつて兄に従っていたキミよりずっと活き活きしていたよ。

木原真二くん、まず大翔くんのことを伏せていてごめんね。彼は連絡を取り合うたびに、キミのことをよく語っていた。芸人になるという夢、本当に応援しているよ。

火口三春くん。金本くんから初めてキミのことを聞いた時、ブル前でいつも孤独そうにしている子だと教わった。だからこそ『ネバーランド』でキミが笑っていると、ボクは本当に嬉しい気持ちになる。いつまでも穏やかなキミでいてほしい。

水井ハノくん。キミが『ネバーランド』に来てから、皆で過ごす時間が一層楽しくなった。ただ周囲の期待に応えようと背負いこみすぎる時があるから、その際はしっかり吐き出してね。お仕事も頑張って。


これで本当に最後だけれど、まだボクが『ティンカーベル』と名乗った理由を明かしていなかったね。

ティンカーベルは大分、悪い妖精だ。ネバーランドに来た子たちを平気で殺そうとすることもある。だからあまり好きじゃない。

ただ彼女は、子どもたちに飛ぶ力を与える。妖精の粉。『ネバーランド』に行きたいと願う子どもに、力をあげられるのは彼女だけだ。ボクもそんな存在になりたくて、彼女の名を借りることにしたのだ。

あるいは、ピーターパンという存在を嫌いすぎていただけかもしれない。

ボクは、大人になりたかったから。

7章

ティンカーベルの真相を知ってから、三ヶ月の月日が流れた。

私たちは、鐘倉さんの地元の伝手を辿って、月島玲士さんの実家に辿り着き、彼の病気について月島さんのお父さんから教えてもらった。そして彼のパソコンにあったという、鐘倉さんに宛てた引き継ぎ書を読ませてもらった。

ティンカーベルこと月島玲士さんが作った引き継ぎ書は、書き終えた直後に彼の病態が急変したことで、鐘倉さんに送付されなかったようだ。

私たちは全員でその文書を読んで、彼の意志を知り、そして涙を零した。

彼の病気について、ヒントはあったはずなのだ。そもそもVR空間に常時滞在できる時点で、何か事情を抱えている人であったことは明らかだった。『大人になりたい』という願望は、彼と初めて出会った時に聞かされていた。事前に分かっていれば、もっと彼との時間を大切にしていたのに。

——見舞いには来ないでほしい。

――そんなことをするくらいなら、どうか『ネバーランド』のために。

引き継ぎ書の末文には、そう書かれていた。私とカノンはそれでも彼の病室に行きたかったが、鐘倉さんに強く反対された。かなり激しく口論を交わしたが、真二君に宥《なだ》められ、月島さんの意志を尊重することにした。私は「自分たちのことが落ち着いたら、いつか見舞いに行こう」と決め、納得していた。

しかし現実は残酷だった。

月島さんは流行《はや》りの肺炎に罹患《りかん》したことで、急逝してしまったのだ。人より身体が衰えていた彼には、肺炎を乗り越える力はなかった。

三ヶ月という月日の間、私たちの周りで様々なことがあった。

一番大きな変化があったのは、鐘倉さんこと金本祥吾さん。彼はハローワークに通った結果、少年院時代に取っていた資格が功を奏して、見事大手電器店での就職が決まった。エアコンや洗濯機を取り付ける仕事。先輩社員からかなり厳しく指導されているらしいが「兄貴の折檻《せっかん》に比べれば全然」と余裕そうだった。根性が違う。

金本櫂は、違法薬物の売買がバレて逮捕された。

「遅かれ早かれ逮捕されただろうさ。別に意外でもねぇよ」

祥吾さんは哀し気に説明する。『蒼船会』を抜けた後も祥吾さんは彼と時折会っていたようだが、ビジネスの手伝いはしなかったらしく事情聴取だけで済んだ。

「兄貴が出所した時、胸張って受け入れられるようにしてやりたい。『俺は普通に働いて満足した生活を送っているよ。兄貴もそろそろどうだ？』って」

やはり祥吾さんには、兄を見捨てる選択肢はないようだ。いつの日か金本櫂が更生する時も来るかもしれない。きっと月島さんは喜ぶだろう。

——誰にだって更生の可能性はある。

それは金本櫂との争いで、強く認識させられたことだった。

木原真二君は進路を定めて、卒業後はお笑いの養成所に通うことにしたようだ。今は入学金をバイトで稼ぎつつ、毎日精力的にＳＮＳに動画を投稿している。相変わらず私とセンスは合わないが、フォロワー数も再生数もどんどん伸びていた。

カノンこと火口三春は、進学のため勉強している。大学の文学部に通うか、専門学校に通いイラストレーターを目指すか本気で悩んでいるようだ。真二君にしつこく相談に乗ってもらっているみたいで、彼が苦笑していた。

ある意味で一番大きな変化があったのは、ミズーレこと私、水井ハノだ。

ショップ店員はなんとか続けている。失敗がない訳ではないが、少しずつ様になりお客さんから感謝されることも増えた。無事に試用期間も乗り越え、給料もアップした。その時は嬉しくて伯父さん伯母さんにケーキを持っていき、保護司の瀬戸口さんには高級な紅茶の茶葉をプレゼントした。

ブル前の友人、ミッキーとは仲直りした。結局彼女はパパ活の件が親にバレて、揉めに揉め、大学をやめてしまったらしい。今はキャバ嬢をやっている。「夜の仕事の方が向いているかも」と本人は前向きだ。時々通話をしている。

ちなみにミッキーいわく、アリサは『蒼船会』の幹部に気に入られて、結婚前提の同棲を始めたらしい。それはどうなのか、と思わなくもないが、本人が選んだ道だ。鐘倉さんのように暴力に晒されていないようなので応援することにした。

そして、私には大きな使命が与えられていた。

月島玲士の後継者——二代目ティンカーベルである。

本来鐘倉さんが引き継ぐ予定だったらしいが、本人が「さすがに柄じゃない」と固辞したため、私に役割が回ってきた。

月島さんからの引き継ぎ書を読み込み、彼が通っていたという自助グループにも顔を出した。「問題が起きたら、すぐに相談するように」と弁護士の先生やら元法務教官の人やらに強く念を押され、自分なりに活動を開始することにした。

いずれはネットでメンバーの募集をかけ、日本中にいる孤立した子どもを救いたいというのが月島さんの目標だったが、いきなり手広くはやれない。VRゴーグルを持たない子どもも多い。貸し与えてあげられる量には限度がある。

私がやりだしたのは地道な声かけだ。

凍えるような冬の夜、私は週に二度、真二君やカノンと名古屋近辺で少年少女がたむろするような場所を歩いていく。一人で所在なげにいる人を見つけたら「大丈夫？」と声をかけ、カイロを差し出してあげる。最初はケンカを売っていると誤解され、何度か恐い目にもあったけれど、頻繁に通っていると、周囲の人からも覚えられ「この人たちはそういう活動の人たちだから」と擁護してもらえるようになった。

かじかむ指を息とカイロで温めて街を歩くと、時折、かつての私のような子どもと出会うこともある。

その日は、雪が降った日だった。

温暖な気候の名古屋でも年に数日は雪が降って、街にいる人は困ったような、でもちょっと楽しんでいるような、落ち着かないような表情で歩いていく。

けれど栄を歩いて、雪を恨めしがるように睨む少女が視界に飛び込んできた時、息が止まった。地下商店街の出入り口で、ぼんやりと空を見つめる少女。両手をコートのポケットに入れ、白い息を吐いている。

寒さを凌《しの》ぐため栄の地下で時間を潰していたが、地下街の営業時間が終わり、仕方なく地上に出てきたのだ。シャッターだらけの地下街にいつまでも座り込んでいたら、いずれ補導される。

私自身が身をもって経験していることだった。

栄の商業ビルから漏れる光が、降ってくる雪を照らしている。

その雪がかからぬよう傘を差し、私は少女に近寄って、カイロを差し出した。

「ここにいるとね、悪い大人に狙われちゃうよ」

いつも使っている文句。

出来るだけ穏やかに、私を導いてくれた月島さんのように。

「夜更かしするなら、もっと良い場所があるよ。子どもたちが夜に抜け出して辿り着く、大人には見えない、幻想の国」

知っている。ブル前で夜明けを待ちながら過ごす時間の長さ。ミッキーやアリサとバカ話で腹を抱えながらも、心を巣くう不安は消えない。心を救う手立てはない。一人になれば自己嫌悪に苛まれて、まるでお菓子みたいに色とりどりの市販の風邪薬を何錠も流し込む。「いいね」と「どうでもいいね」は同義。そう悟りながらも、薬の空き包装の写真をＳＮＳに上げて、見知らぬ男から下心満載な「大丈夫？」のＤＭをかき集める。世界一くだらないネットライフに人生を消費。得られるものは皆無だ。

どこかに夢の世界があるなら、導いてほしかった。

たとえそれが電子上の世界だろうと、この暗闇とは違う場所ならば。

彼との出会い、そして彼が託した祈りを思い出して、声をかける。

「アナタを『ネバーランド』へ招待します」

それが、私が人生を取り返すための第一歩だ。

＜初出＞

本書は書き下ろしです。

この物語はフィクションです。実在の人物・団体等とは一切関係ありません。

メディアワークス文庫

暗闇《くらやみ》の非行《ひこう》少年《しょうねん》たち

松村涼哉《まつむらりょうや》

2022年12月25日　初版発行
2024年12月15日　6版発行

発行者　山下直久
発行　株式会社KADOKAWA
〒102-8177　東京都千代田区富士見2-13-3
0570-002-301（ナビダイヤル）
装丁者　渡辺宏一（有限会社ニイナナニイゴオ）
印刷　株式会社KADOKAWA
製本　株式会社KADOKAWA

●お問い合わせ
https://www.kadokawa.co.jp/（「お問い合わせ」へお進みください）
※内容によっては、お答えできない場合があります。
※サポートは日本国内のみとさせていただきます。
※Japanese text only

※定価はカバーに表示してあります。

Printed in Japan
ISBN978-4-04-914760-5 C0193

メディアワークス文庫　https://mwbunko.com/

本書に対するご意見、ご感想をお寄せください。

あて先
〒102-8177　東京都千代田区富士見2-13-3
メディアワークス文庫編集部
「松村涼哉先生」係

15歳のテロリスト

松村涼哉

「物凄い小説」──佐野徹夜も絶賛！　衝撃の慟哭ミステリー。


「すべて、吹き飛んでしまえ」

　突然の犯行予告のあとに起きた新宿駅爆破事件。容疑者は渡辺篤人。たった15歳の少年の犯行は、世間を震撼させた。

　少年犯罪を追う記者・安藤は、渡辺篤人を知っていた。かつて、少年犯罪被害者の会で出会った、孤独な少年。何が、彼を凶行に駆り立てたのか──？　進展しない捜査を傍目に、安藤は、行方を晦ませた少年の足取りを追う。

　事件の裏に隠された驚愕の事実に安藤が辿り着いたとき、15歳のテロリストの最後の闘いが始まろうとしていた──。

メディアワークス文庫

犯人は僕だけが知っている

松村涼哉

クラスメイトが消えた。壊れかけた世界でおきる、謎の連続失踪事件――。

過疎化する町にある高校の教室で、一人の生徒が消えた。最初は家出と思われたが、失踪者は次々に増え、学校は騒然とする。だけど――僕だけは知っている。姿を消した三人が生きていることを。

それぞれの事情から逃げてきた三人は、僕の部屋でつかの間の休息を得て、日常に戻るはずだった。だが、「四人目」の失踪者が死体で発見されたことで、事態は急変する――僕らは誰かに狙われているのか？

壊れかけた世界で始まる犯人探し。大きなうねりが、後戻りできない僕らをのみこんでゆく。

発売直後から反響を呼び大重版が続き15万部を突破した『１５歳のテロリスト』の松村涼哉がおくる、慟哭の衝撃ミステリー最新作！

メディアワークス文庫